MONIKA WOGROLLY
HERZLOS

Monika Wogrolly

Herzlos

Roman

Deuticke

Die Handlung dieses Buches ist Erfindung.
Innerhalb der Erfindung ist es wahr.

Jedes Ansinnen, Figuren des Romans mit Personen meiner Umgebung zu identifizieren, würde mir und meinem Werk großes Unrecht tun. Schreiben bedeutet für mich Hingabe an den Lauf des Geschehens. Die Figuren zeigen Aspekte von existierenden Menschen. Aber genauso gut können gegensätzliche Naturen verschmelzen, so wie Idealbilder, beispielsweise das der unerreichten Liebe, *Mensch werden können.*

I

I

Als ich die verlassene Wohnung betrat, roch es nach früher. Mein betagter Vater war verschwunden, und ich meinte, ihn auf dem Gewissen zu haben. Ich hatte ihn jahrelang nicht gesehen, und meine letzte Erinnerung war, dass ich als Kind in seinen Kleiderschrank stieg und den Duft seiner Hemden einatmete. Ich begab mich nach einer Affäre frühmorgens aus dem Hotel *Orient* unverzüglich zur Kriminalpolizei. Mir stieß es säuerlich vom Sekt auf, als ich gegen das Licht antrat und in eine hohle Gasse einbog. Ich ging durch eine Toreinfahrt, eine Flügeltür, über Stufen, *steps*.

Gelegentlich begann ich, Amerikanisch zu denken. *Kuss misch*, hatte der persische Architekt gesagt und sich nicht von mir trennen wollen.

Meine Vorbehalte gegenüber Polizei und Rechtsprechung nehmen mit den Jahren ab. Es ist ein ganz normales Volk, bloß etwas zwanghaft veranlagt. Sie müssen mehr als andere ihren inneren Schweinehund bekämpfen und uniformieren sich sozusagen vorbeugend. Ich stimme Ihnen zu, dass diese These etwas überzogen ist. Aber in einem Sozial- und Rechtsstaat wird man noch laut denken dürfen. Jeder Psychologe wird Ihnen bestätigen, dass alles zu denken erlaubt ist.

Verbrechen ergeben sich meist, wenn die zerstörerischen Anteile einer Person hartnäckig geleugnet werden. Daher rühren auch Magengeschwüre, Gürtelrose und allergische Reaktionen. Das Verdrängte sollte lieber unter den Polizeihut gebracht werden, dachte ich, während ein Kripobeamter vor mir stand. Er stand, wie sie in Filmen stehen. Er schaute auf mich herab.

Ich hatte eben behauptet, meinen Vater umgebracht zu haben.

Er meldete Bedenken an.

»Sind Sie sicher?«, fragte er.

Und er fügte hinzu, dass sie mich nur deswegen verständigt und einen Verdacht ausgesprochen hätten, weil ein nach mir benanntes Manuskript unter den Sachen meines Vaters gefunden worden sei. Man habe nach seiner flüchtigen Lektüre den Eindruck, ich könne mit dem Verschwinden des alten Mannes in Zusammenhang stehen.

Auf eine ungeheuerliche Weise gefiel es mir, verdächtigt zu werden. Man hatte mich seit meinem siebzehnten Lebensjahr nicht auf meine Eltern angesprochen. Mutters Grab suchte ich nie auf, sie war an Alkoholismus und getrennt von Vater zugrunde gegangen. Wann das gewesen war, war in mir undeutlich geworden, wie die Inschrift auf ihrem Grabstein. Jedenfalls sah ich es so vor mir, wann immer ich daran dachte: Einen von Moos bewachsenen ungeschliffenen Granit mit einer verblassten Gravur.

»Wann haben Sie Ihren Vater zum letzten Mal gesehen?«, fragte der Kriminalist.

Er musterte mich von der Seite.

Mein Haar war unfrisiert. Ich scheitle es für gewöhnlich in einer Zickzacklinie, wie man es bei Moderatorinnen von Musiksendern sieht. Ohne Kamm brachte ich das nicht zustande.

Ich deckte die Hand über meinen unregelmäßigen Scheitel und duckte mich. Ich war ausgebildete Psychologin und kam diesem Bullen mit einem Mord, dessen man sich nicht sicher sein konnte. Ich selbst hatte geäußert, zum Tatzeitpunkt vermutlich nicht zurechnungsfähig gewesen zu sein.

Er fragte nach einer Mobilnummer meines Vaters, rief vorsorglich eine ihm bereits vorliegende an, fragte nebenher, was er von Beruf gewesen sei, aha, Schriftsteller, und was mich nun nochmals davon überzeuge, seine Mörderin zu sein. Ich hob in diesem Augenblick die Schultern.

Das muss ziemlich unpassend gewesen sein.

Der Beamte setzte eine besorgte Miene auf, atmete durch und schenkte mir von da an keinerlei Beachtung mehr. Eifrig sah ich ihn auf Telefontasten tippen, während ich an *Reflux* litt, Magensäure stieg in die Speiseröhre auf. Ich verfluchte die Nacht. Dennoch gab es in mir einen Teil, der auf einen Anruf des Persers wartete.

Psychoanalytiker sprechen von sich in Teilen.

Daran merkt man wohl, dass ich noch immer mit einem verheiratet bin, wenngleich wir uns selten sehen. Er ließ mich im Wochenbett zurück und fuhr in die Türkei voraus. Er arbeitete in Istanbul in einem psychiatrischen Krankenhaus und wartete darauf, dass ich ihm wie geplant nachfolgte. Unseren Säugling Johanna hatte er mitgenommen. Manchmal vermisste ich sie, wenn tröpfchenweise Milch aus meinen Brustwarzen quoll.

Ein Freund sprach von meinen Brustwarzen als *Mamillen*.

Sie sehen schon, dass es zu viele Männer sind. Seit mein Vater mich nicht wollte … Sofern Sie weiblich sind, kennen Sie diese Geschichte. Ich ersuche Sie jetzt, wo der Polizeibeamte gerade nicht hersieht, mit aller Kraft *weiblich* zu sein, auch wenn Sie es nicht sind. Also angenommen, Sie sind ein Mann …

Ein Mann, vermutlich von derselben Profession wie Erdal, setzte sich mir gegenüber und blickte mich lang und ausdauernd an. Ich schluckte, kämpfte mit den Tränen. Ich wies ihn darauf hin, mit einem *Artgenossen* von ihm verheiratet zu sein und sogar selbst diese Ausbildung zu haben.

Als das Gespräch zu nichts führte, einigten wir uns darauf, es in einem angenehmeren Ambiente zu versuchen.

»Wo?«, fragte ich naiv und erwartete den Namen eines Cafés.

»Meine Frau starb vor einem Monat an einem Karzinom, untypisch für eine Frau ihres Formats, es war die Lunge«, sagte er.

Man bezeichnet es in der Psychologie als *Rollenumkehr*, wenn der Therapeut seine übergeordnete Funktion verlässt und zum Patienten wird. Ich begann, mir um den Kerl Sorgen zu machen, zu weit hatte ihn mein Anblick (was denn sonst?) vom Thema abgetrieben.

Er suchte nach Ablenkung.

»Ich hole Sie um fünf«, sagte er beim Hinausgehen.

»See you later«, gab ich in amerikanischem Slang zurück.

Ich war vorläufig entlassen. Der Fachmann hatte mir in einem polizeipsychologischen Gutachten attestiert, an den Folgen einer Wochenbettpsychose zu laborieren, zumal ich von Mann und Kind verlassen worden sei, und mir unter Einwirkung von Alkohol wahnhaft und unmotiviert die Schuld am Verschwinden meines Erzeugers gegeben zu haben. Denn er war nie ein Vater gewesen, soviel hatte der Typ in kürzester Zeit aus mir herausbekommen, ehe er auf sein persönliches Drama zu sprechen gekommen war.

Ich schlenderte wie unbefugt durch schmutzige Straßen, sah kaugummikauende Türken und übergewichtige alte Frauen in Pelzroben, roch süßliche Parfumsorten und beschloss, in einem Café auf den Anruf des Persers zu warten.

2

Es macht mich unheimlich wütend, wenn sie anschließend nichts mehr von sich hören lassen. Manchmal ruft einer impulsiv gleich nach der Trennung an und will nochmals mittels meiner Stimme die Begebenheit beleben. Ehrlich gesagt gehe ich davon aus, dass sie es als Wichsvorlage verwenden. Und dann ist Sendepause. Man hört nichts mehr. Es ist Stille im Walde, und neue Schablonen von Frauen legen sich über das ursprüngliche Bild, die leere Umrahmung, welche unstete Typen mit ihren fleischgewordenen Fantasien füllen. Ich sage Ihnen ehrlich, ich wollte diesen Perser nicht. Aber einfach nicht anzurufen, war nicht in Ordnung. Es war ungehörig. So ungehörig, dass meine Haut wie zum Platzen gespannt war, bis ich bei ihm anrief. Im Tonfall einer zänkischen Ehefrau schilderte ich meine Gefühle des Betrogenseins und Verkanntseins.

Als er lachte und vorgab, in einer dienstlichen Besprechung zu sein, sah ich ihn vor mir, in einem dieser riesigen Spiegel im Hotel Orient, wie er letzte Nacht seinen unförmigen und leicht behaarten Arsch unsinnig auf und ab bewegte und dabei völlig teilnahmslos blieb. So betrunken konnte ich nicht gewesen sein, denn ich hatte behalten, dass nur seine Finger wie flinke Tierchen in mich eingedrungen waren, während sein Ding wie k.o. …

»Yogitee«, sagte ein Kellner mit einer bodenlangen weißen Metzgerschürze und setzte mir ein heiß dampfendes Geschirr vor.

Ich tauchte sofort die Lippen ein und gewann den Eindruck, verzehrt zu werden. Es gibt Situationen, wo alles wie in einer SMS läuft. Man denkt im Telegrammstil, in Comicslogans, im Modus von *schluck, rülps, bibber, schlotter, furz, lall, kotz*. Diesmal war es etwas raffinierter und ging etwa so: *Ich oder die Teetasse*, als wäre das Ding meine Rivalin. Ich suchte das Porzellan nach Augen ab und erkannte im selben Moment am Nebentisch die Mitwirkende einer Live-Soap-Opera, die sich in inniger Hingabe an ihr Handy befand. Manche Handys sind wahrhaftig zu beneiden. Sie werden wie Säuglinge mitgeführt. Ein Bild von Johanna stieg in mir auf, wie sie gleich nach der Geburt in ein rosa Handtuch eingewickelt wurde.

Ich trank masochistisch brennend heißen Yogitee und hatte bald keine Lippen mehr. Sie verschwanden nach meiner Nase, die sich ins Gesicht zurückzog wie bei Plastilinfiguren in Trickfilmen, als ich am Yogitee roch.

Kräuterdampfbad, dachte ich, du könntest ja ein wenig nach Oberlaa ins *Kräut.*, kürzte es sich ab. Und ich musste plötzlich an jene bedauernswerten schizophrenen Patienten meines Mannes Erdal denken, die zerrissene, zerschnipselte Gedanken haben.

Sie müssen sich das so vorstellen: Sie schlendern durch die Mariahilfer Straße und denken an nichts Schlechtes. Sie hatten wohl irgendein Vorhaben, einen Plan, der Sie veranlasste, aus dem Haus zu gehen und in die Mariahilfer Straße zu steuern. Aber plötzlich denkt es sich nicht wie gewöhnlich. Es denkt sich normalerweise ganz einfach, Sie kennen das, ständig ist etwas im Kopf, unaufhörlich dieser Druck: Parkscheinautomat, Einkaufen, Friseur, Date mit einer Freundin, Theaterbesuch, und so fort. Und plötzlich löst es sich auf, wie ein Vorhang reißt es auseinander, und Fetzen fliegen umher, Nieselregen hinter der Stirnbarrikade, wenn Sie verstehen. So in etwa läuft es bei Schizophrenie, ließ ich mir von Erdal sagen. Diese Leute beklagen sich ständig, dass andere hinter ihnen her seien und dass sie Stimmen hörten. Sie fühlen sich verfolgt und betrogen.

Und so fühlte ich mich augenblicklich über meinem Yogitee durch einen niederträchtigen Typen betrogen, einen Ayatollah. Nur verständlich, dass ich rassistisch wurde, wenn er nicht anrief! Der Metzgergeselle oder Kellner blickte mit trüben Augen auf mich herab. Psychologisch befand ich mich – durch seine erhöhte Stellung – ihm gegenüber in der Kinderrolle, logisch aber nicht. Mir fiel Budapest ein, ganz unpassend, eine alte Straßenszene mit einem vergessenen Mann, die nicht hierher gehörte. Krumen in der Teetasse. Mörderisch heiße Luft. Ich blickte neidvoll zum Nebentisch, zur Live-Soap-Opera-Darstellerin; wie gern wäre ich bei alltäglichen Belanglosigkeiten, beim Zähneschrubben, Strümpfehochziehen, Ladendiebstahl von Kameras begleitet gewesen. Ich habe eine diebische Ader. Gelegentlich nehme ich vor einer Ladenkasse ein Päckchen Kaugummi an mich, ohne dafür zu bezahlen. Erdal sprach von *kleptomanen Tendenzen*.

Noch acht Stunden, bis der Polizeipsychologe mich abholte. Er war bestimmt reich, so wie er aussah, und man durfte gespannt sein, ob er damit angab. Die meisten verschanzen sich hinter ihrem Reichtum wie ein Chirurg hinter dem Mundschutz. Reiche Leute sind steril. Was für Unrat in meinem Hirn aufgewirbelt wurde. Aber zu denken ist schließlich alles erlaubt.

Nun war ich seit Vaters Verschwinden womöglich grenzwertig schizophren, obwohl ich seit meiner Jugend keinen Kontakt zu ihm hatte. Ich wollte nicht in Kurzform denken, dachte aber immer noch abgehackt, sprunghaft und ohne sinnvollen Zusammenhang der Denkinhalte.

In einem Schaufenster in der Mariahilfer Straße behängte ein hageres Mädchen eine Puppe, deren schwarze Ponyperücke schief saß, mit Modeschmuck, der mich an etwas erinnerte. Irgendwann hatten wir bunte Siebzigerjahrperlen aus Plastik auf eine Schnur gefädelt, die gerissen war. Und alle Perlen versprühten sich am Boden.

An der Kasse eines Großmarktes ließ mich eine Kundin vor. Ihr Kind beobachtete jeden ihrer Handgriffe und ließ sich über mich belehren.

»Wir lassen die Frau vor, sie hat nur den Kaugummi«, hatte sie ihm erklärt. Und ich bin davor erschaudert, als *Frau* bezeichnet zu werden.

»Frauen waren für mich immer Wesen mit auftoupiertem Haar«, sagte ich in der Villa meiner neuen Bekanntschaft.

Wir prosteten einander zu, tranken Bruderschaft. Ich fand es distanzlos, so schnell Vertrauen zu heucheln. Ich hielt es aus psychologischer Sicht für einen verschleierten Ausdruck von Aggression. Er wollte sich mich so schnell wie möglich einverleiben und ließ mir keine Zeit, mich an ihn zu gewöhnen.

Er hatte die Villa geerbt.

Handbemalte Seidentücher und an einen Strauch geknüpfte Ostereier. In einer Ecke stand eine barocke Weihnachtskrippe aus Holz. Alle Zeiten kumulierten und beschliefen einander, Sommer und Winter, Frühjahr und Herbst, er und ich lagen beim Kaminfeuer. Er spuckte seinen Zeigefinger an und führte ihn bei mir ein. Ich schaute ins Feuer, bis es vorüber war.

3

Ein Knattern wie von einem Rasenmäher weckte mich. Ich war feucht geschwitzt und lag allein beim erloschenen Kamin. Ich fror und hatte Lust auf Frühstück. Mir fiel ein, ins Palmenhauscafé zu gehen, dort servieren sie feinste Marillenmarmelade.

Der sportliche Polizeipsychologe hieß Thomas, nannte sich Tom und kam mit Schaufel und Besen herein. Er begann die Asche vor dem Kamin aufzukehren. Draußen sei sein Schwager, sagte er. Und es war kein Rasenmäher, was da lärmte, sondern ein Schneeräumfahrzeug.

Wie fortschrittlich!

Wollte ich was essen?

Es gab Orangenmarmelade.

Früher hätte mich Orangenmarmelade im Kühlschrank eines Mannes befremdet und abgeschreckt, so ändern sich die Zeiten.

Tom leckte am Silberlöffel. Er trug einen regelrechten Hausmantel aus dunkelblauem Samt, wie ihn ein Mann vor vielen Jahren getragen hatte, in dessen Wohnung ich als Sternsingerin gekommen war.

»Marmelade?«

»Ja, gern!«

Selbst an Ungeliebtes kann man sich gewöhnen. Die Zeit bringt es mit sich. Außer Sex nix im Programm, dachte ich. Er hatte das TV-Gerät eingeschaltet. Und wieder waren alle Zugänge zur Liebe verbarrikadiert. Hätte ich bloß nicht ins Feuer gesehen! Jetzt war ich binnen achtundvierzig Stunden doppelt angebrannt; ein Mal persisch, ein Mal polizeipsychologisch.

Er machte das Gerät wieder aus, sah mich an und fragte, ob ich bleiben wolle. Ich verstand es als Aufforderung zu gehen, daran gewöhnt, unerwünscht zu sein. »Bleib«, sagte er, »und erzähl' von deinem Vater.«

Vater ist das unsinnigste Wort, das ich kenne. Es gibt nichts her. An manchen Tagen schmeckt es nach Übertreibung und riecht nach Kölnischwasser. Das Wort kehrt mir den Rücken, es bedeutet nichts. Es trägt Krawatten. Schon wenn einer Krawatte trägt, laufe ich Gefahr, ihm zu erliegen.

»Unerfüllte Begierde und Sehnsucht«, knurrte ich, »every woman knows what I mean.«

»Nicht jede behauptet von sich, ihren Vater ermordet zu haben«, hörte ich ihn einwenden. Aber sein Mund blieb geschlossen und öffnete sich nur, um ein nächstes *Finnenbrötle* mit Orangenmarmelade einzulassen. *Finnenbrötle* mit Orangenmarmelade schaffen es, in Männer einzudringen, Frauen bringen es nicht so weit.

»Mist«, fluchte er, als sein dunkelblauer Hausmantel Schaden litt und am Kragen verklebte. In der Orangenmarmelade waren Fäden in Wurmform. Meiner Einschätzung nach waren es Orangenschalen.

»Milch?«, sprach er in meine Gedanken hinein.

Die Spitzen meiner Brüste schienen von innen meine Bluse zu benetzen und sich nach Johannas Mäulchen zu sehnen. Es fiel mir leichter, an Vatermord zu denken als an den Verlust der Kleinen.

»Milch?«, wiederholte er.

»Ich vertrage keine Milch«, behauptete ich. »Ich bin gegen Milchprodukte allergisch.«

»Abneigung gegen die Mutterbrust ...«, analysierte er.

Ich fand, dass er seit dem Klecks auf seinem Hausmantel angriffslustig und verändert war. Sein Schwager kam herein, verschwitzt, ausgepowert, an mir desinteressiert, und bog ins Bad ab, um zu duschen. Alles schien den gewohnten Lauf zu nehmen, und ich fügte mich nicht ein. Ich wollte entweder aufbrechen oder ins Schlafzimmer. Wäre ich gegangen, hätte ich mir den traurigsten Fick meines Lebens erspart.

4

Ich war bösartig und diskriminierend. Was konnte der Mann dafür, wenn er nur mittels einer *Uprima*, die er geduldig unter der Zunge auflöste, potent war und ihm das Zeug, zumal sich nur zwei Sublingualtabletten in einer Packung befanden, gerade ausgegangen war?

Bullshit, dachte ich auf Amerikanisch und knetete vergebens an seinem Auswuchs. Ich stellte mich gütig. Es mache doch nichts aus, aber nein, gar nicht. Ich würde sensible Männer den geilen Hengsten in jedem Fall vorziehen.

Meine Nase war so lang wie die von Pinocchio, als er die gute Fee belog. Dann aber geschah es. Irgendetwas, vielleicht war es das Geräusch der ausgehenden Dusche oder das Tappen im Bad jenseits des kalten hell gekachelten Korridors, versöhnte mich mit dem Leben. Ich nahm mir vor, mich mit der Situation anzufreunden und mir abzugewöhnen, an andere Männer zu denken, wenn ich mit einem zusammen war. Der Schwager meines verhinderten Lovers hatte in diesem Moment den Kopf hereingesteckt, ihm tropfte Wasser von der Nasenspitze. Und zu meiner Freude verabschiedete er sich. Er hatte anscheinend Handwerkerdienste zu erledigen gehabt, seine Funktion erfüllt und war wieder entbehrlich. Ich hatte schon befürchtet, dass er Toms Lebensgefährte sei.

»I don't mind«, sagte ich zaghaft und wollte herausfinden, ob ich ihm vor seinem Schwager peinlich war.

»So bald nach einem Verlust«, fuhr ich fort und spielte auf das *Ableben* seiner Frau an, wie er es genannt hatte.

»Vielleicht sollte ich bei einem Kollegen in Therapie gehen«, hätte er sagen können, und ich hätte wieder Anlass gehabt, ihn in die Arme zu schließen. Sein Kopf wäre an meiner Schulter gelegen, und wir hätten uns vornehmen können, einander Halt zu geben. Eine Notlage hätte dazu geführt. Es wäre nicht mehr als eine Zweckgemeinschaft gewesen, um nicht allein zu sein.

Ich saß mit dem Rücken zur Wand und fühlte einen stechenden Schmerz mitten im Schädel. Kurz fürchtete ich, Fieber zu haben und ihm ausgeliefert zu sein. Einen Moment lang hatte ich mich schrecklich glücklich und wie zuhause gefühlt.

Plötzlich meinte ich, mich dem Polizeipsychologen entziehen und ihn bekämpfen zu müssen, zumal er mir auf einmal übermächtig erschien. Er war im Heimvorteil. Ich fühlte mich zugehörig, als wäre ich seine Frau. Das ist ein typisches Zeichen von Hysterie. Bei Vergewaltigungsopfern kommt es häufig vor, dass sie sich Triebtätern regelrecht aufhalsen. Nachdem ich den letzten Gedanken als unsinnig verworfen hatte, verführte ich ihn nach allen Regeln der Kunst. Während er befriedigt einsackte und sich dem Gefühl hingab, wieder ein Mann zu sein, beobachtete ich durch das Fenster, wie sich der Himmel eintrübte, dichte Wolken vor die Sonne zogen.

Der gelungene Beischlaf hatte uns müde und beliebig gemacht. In unseren Worten steckte nun keinerlei geistiger Anspruch mehr, wir laberten, wie es uns in den Sinn kam, und ich hatte das Gefühl, in einen Schacht zu sprechen. Irgendwann plätteten uns Erschöpfung und Traurigkeit, so dass wir mit einem Ausdruck seliger Verliebtheit Wange an Wange einschliefen.

5

In meinem Alter weiß man hinreichend Bescheid über sich und kennt sich gut genug, um zu wissen, dass dieses Liebesgefühl nach dem Verlassen der Wohnung wie eine Seifenblase zerplatzt. Ich hatte noch Seife in den Augen und war über das liegen gelassene Handwerkerzeug seines Schwagers Anton gestiegen, nachdem ich sein Bad, sein Haus und den Polizeipsychologen verlassen hatte.

Es war ein rauchgrauer und freudloser Tag; Sperlinge flirrten vor mir auf dem Bürgersteig hoch, streiften Berberitzensträucher, stimmten seltsame Melodien an, die sich in Telegrafenmasten und Handyleitungen fortsetzten. Meine Gedanken waren irgendwo, bloß nicht in meiner Nähe. Ein Stofftaschentuch mit meinen Initialen SM lag auf dem nassen Pflaster, woanders fand ich einen gehäkelten Handschuh, der so schmal war, dass ich auf seine Besitzerin neugierig wurde. Ich bewegte mich im Laufschritt durch den Regen und hatte das Gefühl, erst zu entstehen, als wären die feinen Tropfen rasende Stiche einer mechanischen Nähmaschine, und ich ein fortlaufendes Muster. Ich meinte, in einem Film zu sein, wie als Kind, als ich mich glauben ließ, von unsichtbaren Kameras begleitet zu werden. Begehrliche Blicke wurden von mir mit bejahenden Blicken gleichgesetzt. Schon wenn mich ein Handwerker von einem Gerüst herab ansah, und sein Blick etwas hergab, war es wie eine Entschädigung.

Kaum war ich gegangen, brummte das Handy gleichmäßig in meiner Jackentasche. Ich war auf dem Weg zu meiner Freundin Emilia, um ihr die Jacke zurückzugeben, die der persische Architekt in alkoholisiertem Zustand getragen hatte.

Was Sie nicht wissen, ist der Umstand, dass ich an einer Straßenampel stand, im Gefühl, mich körperlich und geistig aufzulösen. Ich fühlte mich als Sprühregen, als Tom anrief und fragte, ob ich Lust auf Kino hätte.

Kino, so hätte ich ihm am liebsten klar gemacht, kommt immer im Vorspann zur Liebe, nicht danach. Unser Drama sollte zu Ende sein. Die Eindrücke im Haus hatten es abgekürzt, der kalte Fußboden im Vorhaus, die holzgerahmten Landschaftsstiche seiner verstorbenen Eltern und auch die Häkeldecken seiner verblichenen Frau. Der Schwager hatte sich wie eine Textilmotte in die Schleier der Vergänglichkeit getrieben und es schließlich unmöglich gemacht, die Affäre auszuweiten. Dass er beim Abschied angekündigt hatte, etwas später wieder nach Tom zu sehen, hatte dazu beigetragen. Ich hatte den Polizeipsychologen gegen noch schlimmere Gefühle gevögelt, um mich selbst wieder zu spüren. Hohläugig und mit leerem Herzen überquerte ich die Straße.

Die Jacke verströmte Emilias Parfum. Roch man länger daran, setzte sich allerdings der Geruch des Persers dagegen durch. Ich fühlte unendlich viele Abdrücke von Händen und Zungen auf mir, als ich das Treppenhaus betrat. Erst meinte ich, im blendenden Gegenlicht die Silhouette einer Putzfrau im ersten-Stock-Fenster zu sehen, doch sie erwies sich als mannshohe Topfpflanze. Früher pflegte ich zu Pflanzen zu sprechen, und nach dem Heimweg von der Schule in einem wiederkehrenden Ritual mit der Handfläche über die Mauerrisse bis vor unserer Wohnungstür zu gleiten, so dass ich blind den Übergang von Mörtel zu lackiertem Holz erkannte. Auf den Fensterstöcken lagen Insekten. Mir war, als fahre mir eine warme Hand wie ein Wischtuch übers Gesicht. Ich läutete, obwohl ich wissen hätte sollen, dass niemand in der verlassenen Wohnung war.

6

Im Geriatrischen Krankenhaus war mir der Wohnungsschlüssel von einem Pflegehelfer ausgehändigt worden, der vermutlich nicht befugt dazu war. Mit einem verschwörerischen Gesichtsausdruck, den ich als Anmache verstand, hatte er ihn mir zugesteckt. Prompt träumte mir in der folgenden Nacht davon, dass mir jemand einen Bartschlüssel einführte. Das Wort *pervers* zerging wie ein Stück Würfelzucker auf meiner Zunge. Ich ging aus der Wohnung, in der ich genährt und erzogen worden war, zum Postamt um die Ecke. Ich telegrafierte wieder einmal nach Istanbul und verschob meinen Anruf auf nächste Woche. Ich gab Schwierigkeiten mit meiner Arbeit beim Radiosender und Vaters Verschwinden als Gründe an, weshalb ich nun möglicherweise doch nicht so bald Erdal und Johanna folgen könne. Ich hatte abgestillt. Erdal war nach Orientalenmanier, Sie verzeihen meine rassistische Anwandlung, bald nach der Geburt samt Kind abgehauen und setzte mich nun von

Istanbul aus unter Druck. Ich sei als Ehefrau und Mutter verpflichtet, ihnen zu folgen. Ich dachte nicht daran.

Der Vatermord kam mir gerade recht, in Wien zu bleiben.

Die Garçonnière, die ich als meine bezeichnete, gehörte in Wirklichkeit Emilia. Doch mit Eigentumsrechten nahm ich es nicht so genau, zählt es ja zu meinen grundlegenden Eigenschaften, überall heimisch und nirgends zuhause zu sein. Es hätte gereicht, wenn man mich wegen eines Herzinfarktes meines Vaters kontaktiert hätte, er hätte nicht verschwinden müssen. Ich hätte ihn endlich wiedergesehen und Erdal gegenüber ein tragfähiges Alibi gehabt, weshalb ich nicht kommen konnte.

»Das ist absurd«, meinte Emilia, als sie in ihrer Garçonnière ankam und mich, am Fußboden hockend und ein Cannabispfeifchen stopfend, vorfand.

Ich reichte es ihr. Ich selbst rauche nicht seit meiner Jugend. Sie entzündete es, blies den Qualm aus, war im Gesicht rosa verfärbt von der frischen Luft draußen.

»Schau mal«, sagte sie, »sehe ich nicht wie eine venezianische Karnevalsmaske aus?«

Sie hatte die Wangen eingezogen und die Augen weit aufgerissen und verharrte so, bis ich lachte. Sie war ausgebildete Schauspielerin und bislang ohne Engagement. Ihr Verhängnis oder eine Schwäche von ihr war, beim geringsten Anlass in Tränen auszubrechen. Immer wenn von einem Reizthema die Rede war, zum Beispiel ihrem Vater, schon wenn sie das Wort hörte, heulte sie. Und ließ dieses Heulen unerklärt. Sie setzte es vielleicht als Waffe ein. Während unseres Psychologiestudiums hatte sie zu Beginn einer Prüfung losgeheult. Der Professor war erstaunt gewesen und hatte vorsichtig gefragt, was der Anlass des Gefühlsausbruchs sei. Meiner Ansicht nach war es das Autoritätsverhältnis gewesen, die Kritik des Professors an einer schriftlichen Arbeit Emilias, eine fürwahr läppische Kritik, die jeder andere positiv aufgenommen hätte. Doch Emilia zerfloss. Der Professor hatte die Prüfung daraufhin abgebrochen und war mit ihr in ein Lokal im Universitätsviertel gegangen, um ihren Heulkrampf zu ergründen. Es war gut möglich, dass es sich bei dem Phänomen um eine Ersatzhandlung handelte. Emilia hatte keinen Mann, nur einen italienischen Pizzakoch aus der Rotenturmstraße, dessen Anblick in einer weißen Schürze sie verzaubert hatte und dem sie seit einiger Zeit Deutschstunden erteilte. Neulich hatte ich sie vor einer Lektion zum Drogeriemarkt begleitet, wo sie sich mit Gleitcreme versorgte.

Sie hatte uns Tee bereitet und saß mir mit gespannter Miene gegenüber.

»Ist doch blödsinnig«, sagte sie, »dein angebliches Vaterproblem.«

Sie verlor die Lust am Rauchen und ließ die Pfeife im Aschenbecher sterben.

»Beginn doch zu leben«, riet sie mir, »und folge bloß nicht diesem Irren in die Türkei!«

»Er ist Irrenarzt«, korrigierte ich Emilia.

»Und wenn schon«, sagte sie, »ich bin auch Schauspielerin. Das kommt häufig vor.«

Ich schilderte die Nacht im *Orient*, das unmögliche Verhalten des persischen Architekten und die Begegnung mit Tom und dessen Schwager. Im nachhinein schien es, als hätte der Schwager mich mehr beeindruckt als Tom. Je größer das Interesse eines Mannes für eine Frau, umso gleichgültiger ist er ihr. Es ist alles eine Folge des Jagdtriebs.

»So nährt man Klischees«, urteilte Emilia, deren Hang zur Emanze sie hartnäckig mit Federboa und Blondierung à la Marlene Dietrich bekämpfte. Sie hatte kleine runde Kerzen aus der City mitgebracht. Das Wachs roch unangenehm künstlich.

»Ich war zweimal in der verlassenen Wohnung«, sagte ich.

»Wo du als Kind …?«, wollte sie wissen und löste zurückgebliebenes Kerzenwachs aus einer metallenen Herzform. Sie presste ein frisches Herz in die Form und schenkte uns Ingwertee nach, den sie vom Naschmarkt hatte.

Wir beschlossen, in der Rotenturmstraße Eis zu essen und bei der Gelegenheit nach ihrem Pizzakoch zu sehen. Er stellte in seiner Schürze ein für Emilia unwiderstehliches Angebot dar und lud sie in ein Hinterzimmer ein, um mit ihr Salat zu essen. Mir war bekannt, dass sie wochenlang tagtäglich in die Pizzeria gegangen war. Zumal sie etwas dick war, hatte sie irgendwann aufgehört Pizza zu essen und sich auf Rohkost verlegt, bis er sie endlich angesprochen hatte. Liebe auf Italienisch. Doch eine Beziehung war das in meinen Augen nicht, wenn man sich alle heiligen Zeiten anrief, um sich auf einen unverbindlichen Fick zu treffen.

Nun ging ich wieder allein in die Wohnung, in Vaters vergessenen Geruch. Es war vielleicht zum dritten Mal an dem Tag. Von der Kripo war mir bekannt, wo Vater sich während der letzten Monate aufgehalten hatte. Er war im Geriatrischen Krankenhaus gewesen, dann eine Zeit lang in der Wohnung und danach wieder im Krankenhaus. Der Originalschlüssel war mit Vater selbst verschwunden, den Zweitschlüssel hatte er auf der Station hinterlassen. Ich wurde daraus nicht schlau. Doch mir hatte von Anfang an gefallen, auf dem Polizeirevier als Sachverständige für meinen Vater zu gelten.

7

Seit dem Verlassen des Elternhauses mit siebzehn bestand mein Leben aus flüchtigen Begegnungen. Ich hatte spät zu studieren begonnen, mit dreißig abgeschlossen und den Beruf einer Psychologin nie ausgeübt. Ich wäre auch nicht geeignet, zumal ich eine schlechte Zuhörerin bin. Was fatal an mir war: die Gewohnheit, an Vater zu denken. Er war mein Denken.

»Als ich von seinem Verschwinden erfuhr«, sagte ich zu Tom, »war mir klar, dass ich Schuld daran hatte.«

Er sah mich groß an.

»Worauf tippst du bei mir?«, fragte ich ihn.

»Auf eine Persönlichkeitsstörung«, sagte er schlicht.

Die meisten Menschen rasten aus, wenn sie erfahren, dass sie persönlichkeitsgestört sind. Ich wusste es besser. Mein Mann hatte mir längst fachkundige Diagnosen gestellt. Ich stimmte mit beinah jedem Zustandsbild der psychiatrischen Nomenklatur wenigstens teilweise überein.

»Was ist es deiner Meinung nach?«, fragte ich lächelnd.

Er drehte die Augen über. Dann blickte er mich verheißungsvoll an, stülpte die Lippen vor und sagte: »Du wurdest vermutlich missbraucht, Sarah.«

Er hatte meinen Namen genannt. Ich war wieder ganz, war in Teilchen zerrissen gewesen, diesmal kein Sprühregen, sondern Staubkörnchen, Flimmerhärchen, Luftmoleküle und Atome war ich gewesen, bis er zu mir Sarah gesagt hatte. Endlich mein Name statt du, du. Ich umarmte ihn, roch in sein Haar, dass es wieder schrecklich nach Liebe aussah. Aber lassen Sie nur und glauben Sie mir, es war Liebe! Es war so gut wie Liebe, wie in dem berühmten Replikatsbeispiel des Philosophen Parfit, wo die Replik, das Double eines Menschen, so gut ist wie dieser Mensch. Es muss sich naturgemäß um eine Replik, keinen Klon, handeln, zumal Klone biographisch andere Entwicklungen nehmen. Derek Parfit sagt, wenn ich sterbe und meine künstlich erzeugte Replik mit ihren Gedanken an meinen zuletzt gedachten Gedanken anschließt und sich an alles, was ich erlebte, erinnert, ist es ganz so, als würde ich selbst weiterleben.

Ich fühlte mich erlöst und wundersam erleichtert. Als

wäre noch nie etwas Widriges oder Widerwärtiges geschehen, als hüllte sich die ganze Welt in Wohlgefallen. Als ich nachhause kam, saß Emilia mit ihrem Pizzakoch beim Abendessen. Sie aßen ununterbrochen. Sie verzehrten sich in ich-weiß-nicht-worin.

Liebende sind so ansprechbar wie Komatöse. Sie reagieren kaum und blinzeln, was man – wie bei Menschen im Wachkoma – für Antworten hält. Ich beschloss, zu Tom zurückzukehren und fuhr im Taxi zu seinem Haus. Obwohl Licht brannte, wurde mir nicht geöffnet. Vielleicht hatte er sich erschossen oder erhängt. Mit diesem Gedanken ließ ich mich zu Vaters Wohnung bringen. Von dort aus telefonierte ich mit dem diensthabenden Kriminalisten wegen eines Termins.

Anderntags erneuerte ich das Mordgeständnis.

8

Ich wurde nicht in Verwahrung genommen. Tom konnte es zum zweiten Mal, da er nicht im Dienst war, über das Handy, verhindern. Der Kriminalbeamte fuhr mich zu ihm. Tom erwartete uns im Türrahmen seiner Villa. Mir war es wieder einmal gelungen, eine offizielle Situation in eine persönliche zu verwandeln. Er wechselte mit meinem Chauffeur einige geflüsterte Worte und zog sich anschließend mit mir ins Schlafzimmer zurück. Er behauptete, nachts mit Kopfhörern Musik gehört und deshalb auf mein Läuten nicht reagiert zu haben. Emilia hatte mir auf die Mailbox gesprochen, dass sie ab nun mit ihrem Italo-Lover zusammenlebe. Sie bat mich, mir eine andere Bleibe zu suchen. Ich würde mich durch sie nur gestört fühlen.

Das erinnerte stark an Vater, der mich gelehrt hatte, wie man sich vertrieben und ungeliebt fühlt. Dennoch zog mich all die Jahre ein magisches Band zu ihm hin. Und es verschaffte mir seit seinem Verschwinden ein seltsames Wohlgefühl, in die verlassene Wohnung zu gehen und mich dort für Minuten, manchmal bis zu einer Viertelstunde, aufzuhalten. Ich hatte nicht gestöbert, nach nichts gesucht, so gut wie gar nichts angefasst von Vaters vergessenen Dingen. Das Mordgeständnis, so schien mir in klaren Momenten, diente der Wiederauffrischung meiner unermüdlich abgewiesenen Liebe zu ihm.

»Hört sich wissenschaftlich an«, meinte Tom, beim Feuer sitzend. Ich konnte es nicht ertragen. Mir wurde übel von seiner Luft.

Und als ich aufbrechen wollte, rief er: »Du verlässt mich doch nicht? Wo willst du hin? Unmittelbar nach einem psychotischen Schub soll man Ruhe bewahren!«

Als ich nicht auf ihn hörte, sprang er auf mich zu und schloss mich in die Arme. Seit dem zweiten Mordgeständnis wurde ich von ihm als *krankheitswertig* eingestuft, während er sich das erste Bekenntnis zum Vatermord noch mit einer Wochenbettpsychose und Alkoholmissbrauch erklärt hatte.

Ich stemmte mich mit aller Macht gegen ihn. Ich fühlte mich flügge und reif, diesen Ort zu verlassen. Ich wollte auf Eroberungsfeldzug gehen, mir immer mehr Menschen aneignen, die Vaters Eigenschaften aufwiesen, um ihn dann wie ein Puzzlespiel zusammenzusetzen.

»Warum beschwörst du den Mord an deinem Vater herauf?«, fragte er mich. »Er war dement. Alzheimerpatienten verirren sich häufig!«

»He didn't have Alzheimer«, schrie ich. »I killed him!«

Nachdem ich mich an seiner Brust ausgeheult hatte, sah Tom mich an und meinte: »Es ist sonderbar. Du bringst mich immer wieder dazu, in die Rolle deines Vaters zu schlüpfen …«

Tom musste anderntags zur Arbeit. Ich blieb allein zurück.

Ich hielt mich nun wochenlang in der Villa des Polizeipsychologen auf. Er versicherte mir immer wieder, dass Sex nicht wichtig für ihn sei. Während es noch dunkel war, schob er sich in mich, und sobald er gegangen war, kontrollierte ich zwanghaft eine im Badezimmerkasten gelagerte Packung Kondome auf Vollständigkeit. Ich verdächtigte ihn, sich beim Verlassen des Hauses für eine andere Frau bereit zu machen. Als Kind war ich in Vaters Bett gestiegen, heimlich während seiner Abwesenheit unter seine Bettdecke geschlüpft. Ich hatte mich in Vaters Bett versteckt und bei geschlossenen Augen tief eingeatmet. Das Gefühl, in Vaters Bett zu sein, hatte ich jahrelang geleugnet und verdrängt. Doch ich hatte es ständig gesucht. Es handelte sich wohl um den klassischen Freudschen Wiederholungszwang. Vater hatte sich von mir abgewandt. Jetzt brachte ich meine Lover dazu, sich von mir abzuwenden.

»Lass mich doch kommen«, ermahnte mich Tom, wenn ich ihn während der Arbeit mit Anrufen überschwemmte. »Du bedrängst mich.«

Ich verließ die Villa, als der innere Druck gegenüber dem von außen spürbaren in einem unerträglichen Maß zugenommen hatte. Mir schien, als wäre ich in einem tiefen Koma gelegen. Zugleich fühlte ich mich wie neu, als ich erstmals wieder ins Freie trat. Welche Art von therapeutischer Maßnahme fortwährender Morgensex und anschließende Zurückweisungen darstellten, war mir nicht klar. Meine pathologische Abhängigkeit von Männern hatte jedoch schlagartig abgenommen. Und ich fühlte auf einmal viel stärker das Verlangen, mich Neuem zuzuwenden, als mich in die sichere Höhlung eines männlichen Körpers zu schmiegen. Es konnte mir nie genug sein, je öfter wir es versuchten, uns einander hingaben, umso enger wurde mir zumute, und umso schärfer fuhren Fluchtgedanken und Bestrafungswünsche in mir auf. Die ganze Beziehung war von meiner Seite nur auf Trennung ausgerichtet.

Tom bezeichnete es als *paradoxes Verhalten*, wenn ich ihn nach dem Morgensex mit Küssen bedeckte und ihm ewige Liebe schwor, um mich eine halbe Stunde später telefonisch zu beklagen, dass er mir noch keine Short Message geschickt habe und mich daher nicht aufrichtig liebe. Mein Verhalten war allgemein unverständlich. Mitten am Tag schaltete ich ohne Anlass das Handy aus und war wütend, wenn abends, nachdem ich es wieder eingeschaltet hatte, niemand nach mir gesucht hatte.

Ich irrte durch die Straßen. Es fiel kein Regen, es hatte geschneit. Es waren jedoch nicht Flocken im eigentlichen Sinn, sondern hagelkornartige Gebilde. Ich ging am Schloss Belvedere vorbei und erinnerte mich im selben Augenblick zweier Begebenheiten. Ein Mal war ich allein mit Kopfhörern, einer von mir gestalteten Rundfunksendung lauschend, unter frühlingshaften Bäumen geschlendert. Ich war zur selben Zeit in zwei Welten; in der Rundfunksendung und in der Welt meines sich fortbewegenden Körpers. Ich hatte nie zuvor so deutlich Unterschied und Verbindung zwischen Innenwelt und Außenwelt erlebt.

In verschwommenen Gefühlen war die Szenerie jener Augenblicke wie in einem Reagenzglas konserviert und pulsierte. Die Ruheperiode in Toms Haus hatte mir gutgetan. Mein Denken war wieder ausdauernd und belastbar, wie ein Sportler, der sich nach äußerster Erschöpfung erholt hatte. Am Tag, als ich Toms Villa verlassen hatte, war ich im Denken analytisch. Die einzige Gefahr bestand darin, mich zu verirren.

»Demente verirren sich«, hatte Tom immer wieder festgestellt.

»Mein Vater war nicht dement«, hatte ich widersprochen.

»Dein Vater war alt«, sagte Tom.

»*War?*«, wiederholte ich fassungslos.

»Ist«, korrigierte er sich.

»Nein«, sagte ich. »Er ist tot. Ich habe ihn auf dem Gewissen.«

Und Toms scheinbar aussichtslose Arbeit an meiner Psyche begann wieder von neuem. In ausführlichen Gesprächen suchte er nach dem Hintergrund meiner Überzeugung, einen Vatermord begangen zu haben, um ihn transparent zu machen. In der Transparenz und im Verstehen liege die Lösung eines Problems.

»Das ist die typische therapeutische Haltung«, widersprach ich ihm. »Zu glauben, wenn man die Dinge benennt, wenn man Diagnosen stellt, Probleme beseitigt zu haben.«

»Was denkst du?«, fragte er neugierig.

»Ich denke, ich suche lieber einen Magier auf«, erwiderte ich, »keinen Psychologen. Die Psychologie ist wie eine hinter dem eigenen Schwanz her jagende Katze.«

»Stimmt nicht«, sagte Tom, »ich kann dir helfen.«

Er betrachtete es als übermäßige Trauerreaktion, das Verschwinden meines Vaters, zu welchem ich jahrelang keinen Kontakt gehabt hatte, mit Schuld zu belegen.

»Du hast lange Zeit in Erinnerungsbildern gelebt, in Visionen und ungestillter Sehnsucht«, sagte Tom, »und jetzt, durch die Nachricht, dass dein Vater verschwunden ist, fühlst du dich in eine wirkliche Beziehung zu ihm hineingezogen. Alles andere davor waren Fantasien. Indem du dich für das Verschwinden deines Vaters verantwortlich fühlst und die Schuld auf dich nimmst, näherst du dich ihm an.«

Neben der Rundfunkszene auf den Parkwegen des Schlosses Belvedere und vor der Geräuschkulisse des Südbahnhofs stand eine Erinnerung an Erdal, der mit mir unsere ersten Treffen vereinbarte. Er saß mit seinem Taschenkalender neben mir auf einer blassgrünen Holzbank, deren Holz abgesplittert und verwittert war. Er ließ mich mehrmals laut wiederholen, wann und wo unser nächstes Treffen stattfand. Einmal zog er mich bei Anbruch der Dunkelheit in ein Gebüsch und geißelte mit Zweigen meinen entblößten Unterleib. Ich genoss die Dressur genauso, wie ich sie fürchtete. Mein Zauber bestand darin, mich kompromisslos zu unterwerfen.

Die Szenen verwischten sich, je weiter ich mich vom Belvedere entfernt hatte. Die Menschen erschienen mir grau und gereizt. Alle befanden sich in einem hektischen und getriebenen Zustand, als wären sie soeben vor den Kopf gestoßen worden. Ich erreichte in letzter Sekunde einen Omnibus mit Linienaufschrift. Ich bin stolz darauf, Schrift, nämlich gewöhnliche Buchstaben und arabische Zahlen, bisweilen nicht deuten zu können. Es sollte heißen, nicht deuten *zu müssen*, denn jeder Durchschnittseuropäer ist gezwungen, Schrift zu verstehen. Ich konnte Schrift wie Vogelkacke sein lassen, wie Insektenkörper. Ich war nicht verurteilt, alles richtig zuzuordnen. Ich stieg vor dem Hilton aus, dem kleineren – es gibt zwei Hiltons in Wien – und wieder überlagerten einander zwei Erinnerungen. Die eine an einen Mann mit einem nachziehbaren Koffer, ein kleiner Mann mit Backenbart, doch ich war in Eile und ließ die Erinnerung hinter mir. Wie ein Hund bellte sie mir nach und riss an ihrer Kette. Die andere Erinnerung, die das Hilton betraf, war weniger abgeschmackt.

In der ersten ging es um eine Fotosession.

Sie können sich denken, wie das lief, und welche Art von Klamotten in dem Nachziehkoffer waren. Sie werden nicht mehr darüber erfahren.

Ich sprang in eine überfüllte U-Bahn zum Karlsplatz. Dorthin sind stets außergewöhnliche Figuren unterwegs. Mir gegenüber, ich hatte einen Sitzplatz ergattert, erklärte eine Passagierin in gedehnten Worten ihren beiden Kindern einen Führerschein. Der Junge durfte den Ausweis halten und sich das Bild ansehen. Das Mädchen kämpfte gegen die Müdigkeit, weshalb seine Mutter es ermahnte und ihm drohte, dass es allein zurückbleibe, falls es einschlafen sollte. Sie sprach über sich in der dritten Person. Sie bezeichnete das Führerscheinfoto als Bild *der blass und krank aussehenden Mama*. Der Junge fragte, ob er den Führerschein haben könne, wenn die Mama gestorben sei.

Ich verließ beim Ausgang Resselpark den U-Bahn-Schacht und atmete kalte würzige Luft ein. Ich steuerte in die Argentinierstraße und betrat atemlos das Rundfunkgebäude. Ich grüßte den Portier und verlangte meinen Schlüssel. Er sah mich erstaunt an, da fiel mir ein, dass ich keinen Schlüssel benötigte. Ich war verwirrt. Vielleicht hing das mit den Umständen zusammen, und ich setzte mich unbewusst mit Vater gleich, den Tom als verwirrt bezeichnet hatte. Meine Handlungen liefen mir scheinbar voraus. So wie die Erinnerungen hinter mir nach liefen und an ihren Ketten rissen, eilten mir meine Taten voran.

Schon hatte sich mein dürrer Körper – er kam mir geradezu ausgezehrt und knochig vor – an vielen gleich aussehenden Türen vorbei in die erste Etage bewegt. Vor einer Tür – alle Türen standen offen – blieb ich stehen. Es roch leicht nach Kaffee. Lisa sah mich erstaunt an.

»Du?«

Meine Kollegin eilte mir entgegen. Sie schloss mich fest in die Arme. Mehrere Menschen liefen zusammen. Einige kannte ich, andere waren mir fremd. Ich war in einer Menschentraube. Hände fassten nach mir, befühlten meinen Pulsschlag, tappten an meinen Halsvenen. Ich drehte die Augen über und schlug mit dem Hinterkopf am Boden auf. Es gab ein hartes Geräusch. Ich sah Lampen über mir kreisen und eine Gestalt mit grünem Mundschutz.

9

ECT ist eine gewöhnliche therapeutische Intervention, kann ich Ihnen sagen. Eine in den Staaten längst anerkannte und harmlose Sache, die nur auf Grund des Missbrauchs durch die Nazis in Europa einen bitteren Beigeschmack bekam. *Electronic convulsionary therapy* war mir noch aus dem Psychologiestudium bekannt. An manchen psychiatrischen Kliniken wurde sie durchgeführt; allerdings unter der beschönigenden Bezeichnung *Elektrokonvulsionstherapie* oder *Elektroheilkrampfmethode*. Patienten, welche ihr schriftliches Einverständnis in das Verfahren geben sollten, wurde weisgemacht, dass es sich um eine neuartige therapeutische Technik handle, effizient Depressionen in den Griff zu kriegen. Meist wurden therapieresistente Personen, also Leute, die auf gar nichts mehr aus dem breiten Behandlungsangebot moderner Psychopharmakologie und Gesprächstherapie ansprachen, in einer zehn- bis zwanzigfachen Serie behandelt.

Ich begriff sofort, was los war. Ich war bloß verwundert, dass es im Rundfunkgebäude durchgeführt werden sollte. Ich hielt es für eine Sinnestäuschung. Vielmehr waren es klassische Symptome einer *spontanen Psychose*, eines psychotischen Schubs mit Halluzinationen, produktiven Symptomen, Wahnvorstellungen und Zwangsideen. Ich hatte mich nicht als depressiv, selbstgefährdend oder fremdgefährdend eingestuft und war umso erstaunter, dass der Polizeipsychologe ausgerechnet ECT für geeignet erachtete.

Mir wurden kalte Elektroden an den Schläfen platziert. Ich spürte einen Beißschutz im Mund, erhielt eine leichte Narkose wie Lungenkranke vor einer Bronchoskopie, wobei ihnen trotz heftigen Hustens und Würgens mit einer Sonde bis in die tiefen Atemwege gefahren wird.

Ich erwachte in Zimmer 1 einer Männerstation.

Bereits als Kind war ich auf einer Männerstation gelegen.

Aus Platz- und aus Bettenmangel lande ich dort, wo Männerbetten, Vaterbetten, sind. Ich streckte den Arm aus und erreichte den Kittel eines Arztes, nein, Toms, der einen weißen Kittel trug als klinischer Psychologe einer Männerstation von Gugging. Nun klärte sich auf, warum nicht jenseits des Korridors bei den Frauen. Tom war nun mal an der Männerstation angestellt, und ich war nun mal – und deswegen –

»Ruhig …«, sagte er in begütigendem Ton zu mir, als würde er mich nicht ganz ernst nehmen, »wird alles wieder gut.«

Er sagte, ich sei tapfer gewesen, und er habe die ganze Behandlung über meine Hand gehalten. Sollte ich mich augenblicklich verwirrt fühlen, so sei das völlig normal und ein positives Zeichen. Es handle sich um eine vorübergehende *Amnesie*. Später fragte ich Tom, was ihn dazu bewegt habe, mich ausgerechnet dem umstrittensten von allen psychiatrischen Verfahren zu unterziehen, ohne es vorher mit Psychopharmaka versucht zu haben.

»Unsinn«, widersprach er, »in deinem Morgentee waren längst hochdosierte Neuroleptika. Aber von einer längeren Einnahme würdest du motorische Störungen bekommen. Das nennt man *Spätdyskinesien*.«

Ich nickte, davon hatte ich gehört.

Neuroleptika-Patienten erkannte man, selbst wenn sie vor Jahren die Einnahme eingestellt hatten, an ihrem auffälligen Gang, der motorischen Unruhe und dem unwillkürlichen Grimassieren. Es gab auch *Frühdyskinesien* noch während der Einnahme, wobei die Patienten den Blick überdrehten und unwillkürlich die Zunge herausstreckten, worauf sie selbst keinen Einfluss ausübten.

Tom legte mir die Hand auf die Stirn und betrachtete mich mit zufriedenem Ausdruck.

»Noch fünf-, sechsmal«, sagte er, »und du hast es geschafft.«

Danach war ich entlassen. Tom war auf einer Fortbildungsveranstaltung, einige Tage in einem Luxushotel im Gebirge. Er hatte mir auf die Mailbox gesprochen, ich möge zu seiner Villa fahren, sein Schwager sei angewiesen, mir zu öffnen. Dass ich selbständig hinkam, fand Tom wichtig, da man sogar schwer gestörte Personen fordern müsse.

»Fördern durch Fordern«, sagte er. So lautete auch der Leitbildgedanke seiner Station. Mir schien, der Eifer, mit dem er an meiner Erinnerung arbeitete, indem er zunächst mittels Elektroschock alles von meiner Festplatte löschte und mich dann, wie er es genannt hatte, *neu gestaltete*, dieser Eifer drückte seinen Kampf gegen die eigene Trauer aus. Aber ich war mir darüber nicht sicher.

Statt Toms Rat zu befolgen – den Schwager verabscheute ich, er erschien mir wie ein Roboter oder Alien – fuhr ich im Taxi zu Vaters Wohnung. Ich fand vertrocknete Orangenschalen auf dem Fußboden. Es war noch etwas Saft vorhanden und es konnte nicht lang her sein, dass jemand sie hier hatte fallen lassen. Ein Hinweis, dachte ich sofort und legte mir Orangenschalen auf beide Augen und eine über die Nase und atmete ein. Mein Vater war hier gewesen. Er lebte.

»Ich bin keine Mörderin, es gibt keinen Vatermord«, sprach ich auf Toms Mailbox, der das gewiss als Erfolg der ECT-Schockserie wertete.

Später erfuhr ich, dass er fast die ganze Zeit im türkischen Hamam-Bad des Fünf-Stern-Hotels gewesen war und sich vom *Hamam*-Meister auf spezielle Weise einseifen und massieren ließ, ehe er in eine der duftenden Dampfhöhlen ging, meist von der Sorte Zypresse. Und während mich Orangenduft umgab, umgab ihn Zypressenduft.

10

Ich wollte zu Emilia, um meine Wäsche zu wechseln. Die vergangenen Wochen hatte ich Kleidung von Toms Frau getragen, dann Anstaltshemden und einen Pyjama der Toten. Über Bronchoskopien und andere Eingriffe an Lungenkranken wusste ich durch Tom Bescheid, der mir vom Leidensweg seiner Frau erzählt hatte. Auch hatten sich Karzinompatienten der nahen Lungenabteilung immer wieder zum Rauchen auf die psychiatrische Männerstation begeben und das Gespräch mit mir gesucht. Ich hatte mich ihnen als amerikanische Journalistin vorgestellt, die eine Studie über ECT in Europa und dessen Wirkung auf Gesunde anstellte, womit ich auch den Umstand erklärte, an einer Männerstation zu sein.

»You should know«, sagte ich zu einem kettenrauchenden Karzinompatienten mit dottergelb verfärbten Fingern, »for my job I do everything.«

Er fand es großartig, ehe er in orkanartigen Husten ausbrach. Wie der Erfolgsautor der *Elementarteilchen*, den ich im Rabenhoftheater bei einer Lesung erlebt hatte, hatte dieser Patient einen unverkennbaren Modus zu rauchen. Und wie jener hatte er die Zigarette zwischen Mittel- und Ringfinger gepresst, so dass dem Glimmstängel, wäre es ein Mensch gewesen, gewiss die Luft weggeblieben wäre. Houellebecq hatte seine Nikotinsucht, seinen schweren Alkoholismus sowie pathologischen Sexismus durch eine konservativ gekleidete Dolmetscherin pluralistisch, nihilistisch und obszön von der Rabenhof-Bühne aus verkündet. Und das Publikum war in Bewunderung aufgegangen, allesamt waren sie von seiner Selbstzerstörung wie betäubt. In einer Zeitungsrubrik war zu lesen, dass er psychiatrisch behandelt worden sei.

Der Raucher sog wollüstig an dem Glimmstängel, den ich für solche Hingabe beneidete. Ich war bereits des öfteren auf Zigaretten eifersüchtig gewesen.

Emilia reagierte erst nach drei Minuten auf mein anhaltendes Läuten und hatte beim Öffnen ihre Damenpfeife im Mund, ein langes, elegant gewundenes zierliches Ding aus Elfenbein, dem Geruch nach allerdings mit gewöhnlichem Tabak, und die schwarze Federboa um den Hals. Es war gegen Mittag, doch ihrer Aufmachung nach hätte es Abend, kurz vor einem Theaterbesuch, sein können. Das kümmert Schauspielerinnen wie Emilia nicht. Sie sind stets auf einer Bühne. Sie ließ mich eintreten. Wegen eines schwer den Raum erfüllenden herben Duftes vermutete ich die Anwesenheit eines Mannes.

Auf dem Tisch im einzigen Zimmer der Wohnung lagen Tarotkarten. Auf den Karten war Zigarettenasche, überall Spuren selbstzerstörerischer Elemente.

»Ich hätte dich eher erwartet«, sagte sie kalt.

Ich hielt Ausschau nach dem Italiener. Er war nicht da.

»Ciao, ciao«, sagte sie, und dass er Allüren gezeigt habe.

Ich hob die Schultern, um anzudeuten, dass ich mehr erfahren wollte. Der mutmaßliche Verlust bedingte eine gewisse Annäherung zwischen uns. Die Gleitcremetube lag originalversiegelt auf einem Holzschemel unter dem Fenster. Ich sah, dass daneben eine Flasche Rasierwasser stand, aufgeschraubt; die Verschlusskappe befand sich erwartungsgemäß in Emilias Händen. Damit übergoss sie sich, um den Verlust zu verschmerzen. Es geschieht häufig, dass man einen Verlust verarbeitet, indem man selbst die Eigenheiten eines Menschen annimmt. Als mein Lieblingsonkel starb, nahm ich eine Zeit lang seinen Schnupftabak, nur um mit ihm in Verbindung zu bleiben.

Emilia starrte mich an. Ihr Gesicht war wie eine Totenmaske.

Sie hatte sich auf einmal abgewandt. Sie war errötet, als ich sie wieder von vorne sah, und in Tränen ausgebrochen. Die Tränen schienen aus allen Hautporen hervor zu schießen, und zugleich suchte sie sich zu kontrollieren. Es schüttelte ihren Körper wie unter Stromstößen, und ich war mit einem Mal von Stolz erfüllt, aus Gugging heil davongekommen zu sein. Es war den Psychiatern nicht gelungen, mich zu verwandeln, meine Erinnerung zu löschen. Sie war in der Zeit der Schockbehandlungen getrübt und fern gewesen, und ich hatte sie vom Bett aus in Gestalt von weißen Tauben beobachtet, wie sie sich auf dem Fensterbrett von Zimmer 1 niederließ und sogleich wieder aufflog. Mein Hirn war schadlos geblieben, wenngleich Spätfolgen wie nach der Neuroleptika-Behandlung auch bei ECT nicht auszuschließen sind. Ein Professor sagte sogar während des Studiums zu uns, mit dem E-Schock-Verfahren gehe eine sukzessive Zerstörung des Gehirns einher. Die stimmungsaufhellende und antidepressive Wirkung bei manchen Menschen sei wissenschaftlich nicht erklärbar und keineswegs erforscht. Es sei zu beobachten gewesen, dass nach traumatischen Unfällen paradoxerweise Hochstimmungen eingetreten seien, was man zum Anlass genommen habe, daraus ein therapeutisches Verfahren zu entwickeln.

Das künstliche Trauma des Elektroschocks sollte bewirken, dass es mir wieder besser ging, und ich die Sache mit Vater eher verschmerzte. Toms Plan war gewesen, mir meine psychotischen Schübe auszutreiben, die mich befielen wie Emilia Fressattacken. Sie saß am Küchentisch, hielt mit beiden Händen ihren Kopf und erzählte. Als sie fertig war, nannte ich ihr den Namen eines Psychiaters, den ich durch Erdal kennengelernt hatte. Er war Spezialist für Essstörungen. Emilia bedankte sich und schlug vor, Eis essen zu gehen.

»Aber nicht in die Rotenturmstraße«, räumte ich ein, »wenn dort wieder dein Italiener ist.«

Sie sah mich verstört an. Gegen jede Vernunft kehrte sie immer wieder an den Ort der Enttäuschung zurück. Der

Pizzakoch hatte den Geschmack an ihr verloren. Nähere Umstände erfuhr ich, verdrängte sie aber, zumal sie meinen Erwartungen nicht entsprachen. Im Grunde hatte nämlich Emilia ihn zurückgewiesen und war dennoch verletzt und beleidigt, wenngleich er sie hätte heiraten wollen und sich auf Grund ihrer Ablehnung einer jungen Italienerin, Kollegin in der Pizzeria, zugewendet hatte.

Emilia erklärte mir umständlich, mit ihren neunundzwanzig Jahren möglicherweise für Hollywood entdeckt zu werden, weshalb sie sich auch weiterhin in den Hauptstraßen von Metropolen in interessantem Outfit zeige, und eine Patentante in Beverly Hills zu haben, sich deshalb Heirat oder die Beendigung ihres Psychologiestudiums in dieser Phase nicht erlauben zu können. Für eine Filmkarriere müsse sie schließlich ungebunden sein.

Wenigstens hatte die Träumerin aufgehört zu heulen. Emilias Zusammenbruch hatte mir das Rückgrat gestärkt. Ich verließ sie mit einem Stapel Wäsche unter dem Arm, hatte längst nicht alles mitgenommen und wollte offen lassen, ob ich wiederkam. Sie hätte noch gern weitergeredet, etwas Zeit mit mir verbracht, das fühlte ich. Aber ich ließ sie abblitzen, so wie sie mich abblitzen hatte lassen wegen des Italokoches.

So funktioniert Gerechtigkeit.

II

Junger Klee bedeckte die Wiesen. Ich hatte meinen Freund Leo ewig nicht kontaktiert, er war nahtlos durch den Polizeipsychologen verdrängt und ersetzt worden. Erdal hatte mir einmal vorgeworfen, mir gehe es nur darum, Menschen zu funktionalisieren und mit ihrer Hilfe meine Bedürfnisse zu stillen. Ich sei ein typischer Löwe, hörte ich ihn sagen und blickte auf das Eingangsschild des Tiergartens Schönbrunn. Ich hätte Lust gehabt, die Seehunde zu beobachten, Pinguine und Elefanten und den skurrilen Langohr-Wüstenigel in einem gesonderten Abschnitt des Raubkatzentraktes. Der Tod einer Tierpflegerin, die von drei Panthern in unmittelbarer Nähe des Wüstenigels zerrissen worden war, hielt mich zurück.

An meiner Hüfte vibrierte es. Umständlich holte ich das Handy hervor. Als ich es an mein Ohr führte, war die Verbindung unterbrochen. Ich ging im Menü auf *Entgangene Anrufe* und schloss aus der unterdrückten Rufnummer, dass es Erdal aus Istanbul, Tom aus dem Gebirge oder vielleicht mein Vater gewesen war.

Plötzlich gab ich mir einen Ruck, löste eine Eintrittskarte und suchte den Raubkatzentrakt mit dem Langohrigel auf. Ohne auf die mörderischen Panther zu achten, deren blauschwarze Pfoten mich an Erdals Haarfarbe erinnerten und damit an Johanna, wandte ich mich dem Igel in seinem abseitigen, nach oben hin offenen Gehege zu. Er lag augenblicklich unter einer roten Wärmelampe. Doch er konnte nicht lang stillhalten und lief wie durch einen Motor betrieben umher, als suche er nach etwas oder wolle ausbrechen. Ich streifte mir einen Handschuh über, wie sie im Gugginger Eingriffsraum auflagen – ich hatte frühmorgens, ehe die Ärzte und Tom zur Verabreichung einer Heilkrampfbehandlung erschienen, Zeit gehabt, mir neben einem Stethoskop ein Paar Latex-Handschuhe anzueignen – und packte den sich aufrichtenden Igel.

Tom staunte nicht schlecht, als in seiner Küche ein Langohr-Wüstenigel über den Fliesenboden flitzte. Er riet mir, ihn am nächsten Tag zurückzubringen. Wir hätten nicht das Wissen und die Möglichkeiten zu seiner Haltung. Er sprach wie zu einem Kind. Ich betrachtete ihn als spielverderbenden strengen Vater. Später grub ich nach

Regenwürmern und Engerlingen in der frühlingshaften Luft des Gartens, im Glauben, dem Igel einen Dienst zu erweisen.

Tom legte beim Feuer den Arm um mich.

»Es wird Frühling«, sagte er, »und du bist von deiner Psychose fast geheilt!«

»Und du?«, fragte ich.

»Trauerarbeit kann dauern«, sagte er und nahm seinen Arm wieder weg.

»Ich sollte in die Wohnung meines Vaters ziehen«, sagte ich.

Dafür sei es noch zu früh, sagte Tom beschwichtigend. Erst möge ich den Igel zurückbringen, den Rest meiner Wäsche bei Emilia abholen, mit ihr und Tom Tee trinken und die Zukunft besprechen. Ich hatte ihm von Emilias Problemen erzählt, und er wollte sie beraten.

»Vielleicht hilft ihr ECT«, hatte er gesagt. Er hielt es ernsthaft für das optimale Heilverfahren. Seiner Meinung nach ging es schnell und schmerzlos, freilich sprach nicht jeder darauf an, und häufig musste die Behandlung nach geraumer Zeit wiederholt werden. »In Amerika gehen die Frauen zum E-Schock wie zum Friseur«, sagte er.

Ich erwähnte den Orangenschalen-Fund in Vaters Wohnung. An Toms Blick erkannte ich, dass es genug war. Ich hätte nur riskiert, einer neuerlichen Schockserie unterzogen zu werden, hätte ich ihm weitere Einblicke gegeben.

»Du bist obsessiv in deinen Vater verliebt«, urteilte er sachlich. »Ich bin überzeugt, dass du in irgendeiner Form missbraucht wurdest. Es muss nicht sexuell gewesen sein …«

»Das sind Konstrukte«, sagte ich, »Hirngespinste.«

»Ich bin froh, dass du einsichtig bist«, bemerkte Tom. »Im Augenblick erscheinst du zwar stur, aber du wirst wieder weich, entschuldigst dich bei mir und entwickelst dich weiter. Das gefällt mir.«

Obwohl mir nach diesen Worten vor ihm graute, schmiegte ich mich in einem unheimlichen Wohlbehagen an ihn. Meine Stirn ging in seine Schulter über.

Ein anderes Mal – ich hatte den Igel längst in Vaters Wohnung freigelassen und Tom gegenüber behauptet, ihn zurückgebracht zu haben – entdeckte er einen Pickel zwischen meinen Augenbrauen und führte mich ins Bad. Im Spiegel konnte ich beobachten, wie er meinen Kopf hielt, als ob er ein Gegenstand wäre, ihn einrichtete und an dem Pickel quetschte, bis der Eiter austrat. Er desinfizierte die Stelle und fragte, wie das Stethoskop in meinen Rucksack geraten sei. Ich sei wohl kleptoman veranlagt.

»Du weißt doch«, sagte ich rasch, »von allem ein bisschen.«

»Wie willst du dein Leben in den Griff bekommen und frei sein für eine reife und keine neurotische Liebe«, psychologisierte er, »wenn du immer wieder deinen unreifen Triebimpulsen nachgibst, mmh?«

Sein Mmh war wie an ein Kind gerichtet und ließ mich erschaudern.

Ich beschloss, mein Handy zu entsorgen und in Vaters Wohnung nach einem Zeichen zu suchen. Ich war mir sicher, dass ich etwas finden würde. Ich hielt es für wahrscheinlich, dass er in regelmäßigen Abständen in die Wohnung kam. Bislang hatte ich jedoch außer den Orangenschalen keinen Hinweis gefunden und war vielleicht mit solchen Zwangsgedanken und Wahnvorstellungen auf dem besten Weg in eine chronische Schizophrenie.

»Ich bin nicht dein Vater!«, hatte schon Erdal gesagt.

Oh Gott, Erdal! Johanna! Wo war ich mit meinen Gedanken! Ich hätte Emilia um Post fragen sollen, vielleicht hatten sie mir geschrieben. Johanna nahm womöglich schon Breikost zu sich und bekam vielleicht das erste Zähnchen. Tom musste zu einem Vortrag und ließ mich mit seinem

Schwager allein, der im Wohnzimmer vor dem Fernseher hockte und den Aufpasser für mich gab.

Als ich gegen Mitternacht zu müde war, um auf Toms Rückkehr zu warten, legte ich mich hin. Meine rechte Hand schob sich zwischen meine Schenkel. Ich atmete tief. Da klopfte es. Mit schwerem Kopf richtete ich mich auf und erkannte, dass im Türspalt ein langgezogenes Lichtdreieck erschien. Eine dunkle Gestalt schob sich herein. Reflexartig sprang ich ihr entgegen, ließ mir den Slip abstreifen und war nackt. Im Atem des Mannes lag eine scharfe Note. Von unten hörte man einen Schlüssel im Türschloss. Die Gestalt zog sich zurück. Wenig später lief im Bad Wasser in die Wanne. Die Tür ging abermals auf. Ich war ins Bett geflüchtet. Jemand drängte sich von hinten an mich. Ich wandte mich um, erfasste seine Schultern, die sich prall anfühlten, und hielt ihn für Sekunden von mir ab. Er verströmte einen Duft wie von Sägespänen in einer Zirkusmanege. Ich zog ihn an mich und flüsterte, dass er besser ein anderes Mal wiederkommen solle. Augenblicklich sei es zu gefährlich.

12

Tom nahm mich mit ans Meer. Wir fuhren zu einem Haus, das meinem Vater gehörte und wo ich noch nie gewesen war. Über seine Kollegen von der Polizeistation musste er es ausgekundschaftet und den Schlüssel bekommen haben. Wir fuhren aus widersprüchlichen Gründen hin. Einerseits, damit ich mich erholte und Abstand gewann, und andererseits, um nach meinem Vater zu suchen.

Auf der Fahrt war ich in guter Stimmung. Ich hielt es für ein aufregendes Unternehmen, an einen Ort zu fahren, den Vater mit zunehmendem Alter als sein *Schreibdomizil* und die *Zone des Schweigens* bezeichnet hatte. Uns Kindern war das Domizil in Slowenien nur von Fotografien bekannt. Einmal hatte ihn Mutter begleitet. Es war kurz bevor sie sich von ihm getrennt hatte. Sie habe sich nur körperlich von ihm entfernen können, sagte ich zu Tom, seelisch sei es ihr nie gelungen.

»Glaubst du an eine Seele?«, fragte Tom auf der Autobahn, kurz vor der Abzweigung zu einer Tankstelle.

Ich antwortete nicht und hielt es für eine törichte Frage. Das war Metaphysik! Was sollte ich sagen! Ich hätte alles und nichts sagen können; Wittgenstein hatte mit seinem Vorschlag, das nicht sinnlich Erfassbare dem Mystischen zuzuordnen und darüber zu schweigen, Recht gehabt.

»Wovon man nicht sprechen kann, darüber muss man schweigen«, brachte ich ein Zitat.

»Manchmal verstehe ich nicht, warum du dir nicht helfen kannst, Sarah. Du bist intelligent.«

Er hatte bei der Tankstelle angehalten. Ich stieg aus und ging in den Shop. Man erklärte mir den Weg zur Toilette. Im Spiegel sah ich fahl und erschöpft aus. Ich sehnte mich nach Vater. Aber das Wort war nur ein Platzhalter. Wie früher im Mathematikunterricht die Variable X für alles Mögliche gestanden war, stand jetzt Vater als X für alles Mögliche. Für die Verheißung zu leben.

»Wann beginnt mein Leben endlich, wann ist dieser Vorspann vorbei?«, fragte ich Tom auf der Fahrt. Ich war ein wenig verärgert, dass er mich intelligent genannt hatte und wartete seine Antwort nicht ab.

»Ich vergesse soviel«, räumte ich ein, »soviel Wichtiges. Ich schwafle Mist.«

»Dann schweig' doch mal – frei nach Wittgenstein!«, schlug er vor.

Diese Arroganz von Männern, dachte ich. Da saß er neben mir am Steuer und meinte, ich müsse ihm schon dafür dankbar sein, überhaupt ausgeführt zu werden. Ich fühlte mich geduldet. Solche Empfindungen hatte Vater in mich eingepflanzt, dem seine Mineraliensammlung wichtiger gewesen war als seine Kinder.

»Wieso man lebenslang unter seinen Eltern leidet?«, fragte ich mich laut.

Tom bog scharf ab.

»Kannst du nicht mal die Klappe halten«, hörte ich ihn sagen.

Ich holte aus und gab ihm eine schallende Ohrfeige. Er bremste, es schleuderte uns nach vor, der Wagen hielt knapp vor einem Straßengraben. Zum Glück waren wir nicht auf der Autobahn. Staub wirbelte von der Landstraße auf. Am Horizont war ein Streifen vom Meer zu sehen.

»Bist du wahnsinnig?«, fragte mich Tom. »Du hättest uns beinah umgebracht.«

»Dann sag nicht solche Sachen«, murmelte ich. Ich hatte den Kopf eingezogen und die Arme um die Brust geschlungen, wie in einer Umarmung.

»Darüber sprechen wir noch«, kündigte er an und fuhr weiter.

Am Meer musste ich daran denken, wie zerstört Mutter von dem Ausflug zurückgekehrt war. Es war das auslösende Ereignis gewesen, Vater zu verlassen. Sie hatte beschlossen, ihn in sich sterben zu lassen, indem sie ihn real sterben ließ.

»Er wird es nicht lang überleben«, hatte sie gesagt, »er kann sich nicht einmal eine Dose Bohnen wärmen. Geschweige denn wird er mit seiner Wäsche zurande kommen. Ohne mich ist er hilflos.«

Durch meinen Bruder bestärkt, hatte Mutter erstmals ihren Willen durchgesetzt und Vater allein gelassen. Ich sehe ihn noch vor mir, wie er, in der Tür seines Schreibzimmers stehend, meinen Bruder beim Fortbringen diverser Möbel beobachtete. Und Vater war dagestanden, seinen

Füllhalter in der einen und einen Bergkristall in der anderen Hand, und hatte nur ungläubig gelacht. Sein ungläubiges Gelächter war in ein hämisches Gelächter übergangen, als hätte er nicht ernst genommen, was er sah.

Mutter hatte ihn nach seiner Rückkehr nicht mehr erwartet. Sie schloss sich die ersten Tage in ihrer neuen Wohnung ein, die ihr Sohn für sie besorgt hatte. Dann war sie in einen Zustand *hyperaktiver Erregung* geraten und stürzte sich von einer Aktivität in die nächste. Sie nahm an kulturellen Veranstaltungen teil und begleitete ihren Sohn und dessen Familie ins Kino, ging in Restaurants und machte Einkäufe. Irgendwann erlosch jedoch der Glaube an ein eigenes Leben, ohne von ihrem Mann kontrolliert zu werden. Mutters Hoffnung verfiel, und sie begann exzessiver denn je zu trinken. Die Freiheit war nicht für sie bestimmt gewesen.

Tom und ich schlenderten am Meer entlang. Es war noch zu kühl zum Baden, das Wasser hatte vielleicht vierzehn Grad. Wir waren noch nicht im Haus gewesen, unser Gepäck stand vor dem Eingang. Möwen segelten kreischend über uns und stießen unversehens durch die Luft hinab. Ich fasste nach Toms Hand, um Halt zu finden.

»Er hat euch niemals an diesen wunderbaren Ort mitgenommen«, sagte er.

»Das Haus ist doch schäbig«, entgegnete ich.

Es war klein und armselig. Vater hatte stets gespart. Dieses Haus war tatsächlich nur als Gehäuse seines Denkens geeignet, nicht zum Leben. Vater interessierte nicht das Leben, nur sein eigenes Denken. Ich legte den Arm um Tom. Doch nicht um ihn zu erreichen, sondern aus Lust. Ich sah voraus, dass er von der Ohrfeige anfangen würde. Ich wollte ihn von meiner Liebe überzeugen, mich selbst überzeugen, aufhören zu denken.

»Wollen wir?«, fragte Tom.

Es kam zu einem Missverständnis. Ich hatte gemeint, er wolle unsere Sachen ins Haus schaffen. Er hatte Sex gemeint, Sex zwischen Felsen am Meer, Sex am Sandstrand oder so. Er erschien betroffen und verletzt, als er, einige Schritte hinter mir, zu Vaters Denkgehäuse ging.

Ich schloss eigenhändig Vaters Schädel auf. Ich zerbrach Vaters Denkkapsel. Mittels eines neurochirurgischen *Gamma-Knife* schoss ich eine Strahlenladung in Vaters Gedanken. Die Zwinger wurden geöffnet, und ineinander verschlungene Raubtiere quollen heraus. Auf einmal war ich ihm dankbar, dass er sein Denken vor uns geheim gehalten und es in seiner Schreibkonserve gebändigt hatte. Es hätte uns mit Sicherheit zerfleischt. Das Bild meines Begleiters verpuffte in diesem Augenblick. Es war nie Tom gewesen, der neben mir gewesen war. Es waren Bilder von Menschen. Er war meine Schöpfung. Ich hätte ihn jetzt ermorden können, und niemanden hätte es gejuckt.

»Weißt du, wie wenige Menschen um mich trauern würden?«, kehrte ich den Gedanken um.

Wir standen im kleinen Vorhaus von Vaters geheimsten Gedanken. Mir war kalt und unbehaglich zumute. Die Fenster waren fest verschlossen, vielleicht schon jahrelang, wovon ein unangenehmer Geruch herrührte. Es war bestimmt Vaters Geruch, den ich geliebt hatte, jedoch nicht in dieser geballten Ladung. In einer Überdosis konnte mich dieser Geruch umbringen. Hier war also Vaters Abseits oder Abdrift, seine Zuflucht vor der durch uns verkörperten Welt. Hier mochte er sich frei gefühlt haben. Die Möbel waren durch weiße Laken verhängt, wie es sich bei langer Abwesenheit gehörte. Die Vorhänge waren zugezogen. Vaters Denken hatte Vorhänge! Ich hatte mir andere Vorstellungen von seinem Denken gemacht. Es war innen kahl und schäbig. Aber dieses Haus war nur außen hässlich und arm. Innen taten sich Welten auf.

»Das sind übrigens Geoden«, sagte ich zu Tom. »Das sind mit Kristallen ausgekleidete Hohlräume in Vulkangestein, die aus ehemaligen Gasblasen enstanden sind.«

Ich knipste die Beleuchtung einer Glasvitrine an, von denen vier allein im ersten Zimmer waren. Vielleicht war Vater erst kürzlich hier gewesen und hatte sein Denken kontrolliert und die Lämpchen erneuert. Gab es eine Küche? Ich konnte mir nicht vorstellen, dass er ein Haus mit Küche besaß. In meiner Fantasie war er in einer unwirtlichen Schreibstube verhungert. Und Mutter war das Licht, an dem er sich gewärmt hatte. Wenn es eine Küche gab, hatte mein Vater meine Mutter nie gebraucht. Er hatte es nur ihr zuliebe vorgegeben. Mein Vater wäre nie verfallen ohne meine Mutter, weil er sich an seinem Denken aufrecht hielt. Meine Mutter konnte nicht mithalten. Sie hatte kein eigenes Denken. Denn all ihre Gedanken gingen von Vater aus und kehrten auf Umwegen zu ihm zurück. Die heimliche Verschwörung mit ihrem Sohn war auch nur ein Umweg zurück zu Vater gewesen. Sie kam nicht von ihm los. Manche Männer bestimmen das Denken von Frauen, aber viel seltener umgekehrt. Frauen bestimmen höchstens das Äußere des männlichen Denkens. Sie verkleiden es, schicken es zum Friseur, binden ihm Krawatten um. Darauf haben Frauen Einfluss. Aber, wie bereits erwähnt, keine Frau vermag in einen Mann einzudringen. Das können nur Nahrungsmittel.

Wer zum Teufel hatte in Vaters Denken Vorhänge aufgehängt?

Hatte er etwa eine Zweitfrau und Geliebte?

Es gab weit und breit kein anderes Haus, keine Nachbarschaft. Vaters Denken stand völlig für sich allein und fernab der Zivilisation am Meer. Ich besichtigte Vaters mir bislang unbekannte Muschelsammlung, seine Seesternsammlung, eine Reihe von Fossilien. Und im oberen Stockwerk befand sich zu meinem Erstaunen eine Fotogalerie. Das Haus erschien wie ein Ausstellungsgebäude. Man hätte Preisetiketten an manche Exemplare kleben können, und es hätte ein Anziehungspunkt für Touristen der Umgebung sein können.

Haifischzähne, sogar Haifischzähne nannte mein Vater sein eigen!

Die Fotos zeigten ihn mit Bergkameraden beim *Mineralienabbau*, oder wie es hieß, eines, wie er gerade eingeklemmt zwischen Felsspalten war, und eines mit einer breitärschigen Frau von hinten. Sie saß auf einem Bergplateau und beobachtete, wie Vater und ein anderer Mann Steine aufschlugen. Ich verspürte sogleich Eifersucht und fragte Tom, ob ihm die Figur dieser Frau gefallen würde.

»Sprechen wir über die Ohrfeige«, sagte er.

Aber es waren noch andere Bilder in Vaters Galerie. Dokumente von Vaters Preisverleihungen; Vater bei offiziellen Anlässen. Ein Museum der Selbstbeweihräucherung, eine narzisstische Fundgrube, mir fielen noch mehr solcher Slogans ein. Ich suchte vergebens nach einer einzigen Familienaufnahme.

»Entschuldige«, sagte ich zu Tom und umarmte ihn unter Tränen.

Er verzieh mir. Ich erfüllte seine Erwartung, unter freiem Himmel Sex zu haben. Er benötigte anscheinend keine Lutschtablette.

»Dein Leben beginnt jetzt«, sagte Tom. »In diesem Augenblick. Und ich bin dein Mann und deine Liebe.«

Ich schmiegte mich bei ihm an, um der Berührung durch im Sand wuchernde Kräuter zu entgehen. Ich wusste nichts über das Leben. Ich ähnelte Vater und hatte mich in mein Denken zurückgezogen. Mein Körper diente mir seit langer Zeit als Waffe. Er war ein blendender Spiegel, worin sich Männer in ihrer Geilheit sahen. Er war ein Schutzschild gegen Feinde. Ein Wall tat sich zwischen uns auf. Die rhythmischen Bewegungen wiegten mich. Es war ein beruhigendes Schaukeln und verhieß Innigkeit und vermittelte mir für die Dauer von Umarmungen und Küssen das Gefühl, geliebt zu werden. Es erinnerte an das Gestilltwerden als Kind, wenn sich Lippen an mir festsogen, ich mit meinem Gebiss an das Gebiss eines anderen stieß, wir einander auffraßen, uns ineinander verzahnten. Doch ich liebte ihn nicht. Liebe war ein Wort wie Vater. Ein innen hohles Wort und alles andere als eine Geode. Das Wort war vielversprechend. Doch schlug man die Liebe auf, war sie innen leer. Ich hatte sie mit Fantasien gefüllt. Ich hatte Männer mit Vaters Eigenschaften beladen, da sie mir sonst fahl und nichtssagend erschienen wären. Ich hatte wie Mutter kein eigenes Leben.

»Gerade seine Achtlosigkeit war es, was mich an ihn kettete«, sagte ich in Toms Armen.

»Kannst du nicht einmal aufhören, an ihn zu denken«, flüsterte er.

Ich bedauerte in diesem Augenblick, Toms Liebe nicht zu erwidern. Ich schwor sie ihm und versprach, nach ihm keinen Mann mehr zu haben. Dass er der Beste sei und meine Erfüllung, beteuerte ich und geriet in einen Rausch. Die Sprache riss mich in einen Strom der Verzückung. Ich erfand ungeahnte Koseworte für Tom, bis es zuviel wurde. Ich hätte ihn mit meinen Umarmungen erstickt. Er lief ins Haus und nahm eine Dusche.

Es war erstaunlich, wie sich das Meer bei Tom auswirkte. Wir picknickten auf einem Tuch am Ufer. Der Wind fuhr uns durchs Haar. Ich berührte ihn am Hals. Er schloss mich in die Arme. Ich sank in das Gefühl, einen unerreichten Mann aus der Erinnerung um mich zu haben. Der Mann war verheiratet. Seine Frau war mir als pathologisch ehrgeizig und kalt geschildert worden. Sie hatten sich vor vielen Jahren in der Sauna kennen gelernt. Sie hatten Zwillinge. Dieser Mann hatte mich verrückt gemacht, der einzige außer Vater, der sich verschloss. Nur sexuell hatte er sich geöffnet.

»Wir begegneten uns viele Jahre nach dem Ende«, sagte ich zu Tom.

Die Dunkelheit am Strand und eine leichte Brise, die vom Wasser aufstieg, verführten mich dazu, Erinnerungen aufzuwärmen.

»Als wir uns kennen lernten, lang vor Erdal, erzählte er mir von einem Urlaub am Meer.«

»Wer war das?«, fragte Tom, und seine Stimme klang eifersüchtig. Jetzt, wo er ohne Sublingualtabletten auskam, glaubte er, es mit jedem aufnehmen zu können.

»Die Geschichte, die mir der Mann erzählt hat, handelte von einer schizophrenen jungen Frau. Sie setzte sich am Strand regelmäßig neben ihn in den Schatten. Er schilderte sie mir als einen *Schmetterling mit versengten Flügeln*. Sie sei dem Feuer zu nahe gekommen, sagte er. Er fand Ähnlichkeiten zu mir. Er habe ihr zugehört, sie getröstet ...«

»Und wie?«, fragte Tom ahnungsvoll.

Ich musste lachen und ließ seine Hand los. Natürlich hatte der Trost des Mannes genau so ausgesehen, wie Tom befürchtet hatte! Und obwohl die neugeborenen Zwillinge neben ihnen im Sand lagen, fasste der Mann ihr unten hinein, worum sie ihn schließlich gebeten hatte.

Jetzt brach auch Tom in Gelächter aus.

»Und mit so einer Story konnte er dich betören? Dir fasste er wohl auch unten rein?«

»Das ist niveaulos«, sagte ich, »ich war in ihn verliebt.«

Am Himmel strahlten die Sterne. Ich konnte die Weite des Himmels nicht glauben. Es war nicht zu fassen. Dieser Mann, den ich aus unerwiderter Liebe beinah vernichtet hätte, war zurückgekehrt.

Tom hatte sich eine Windjacke angezogen und nahm mich gegen die zunehmende Kälte in den Arm. Er fragte, ob ich hinein gehen wolle. Ich nickte. Drinnen setzte ich die Geschichte fort.

»Ich beriet mich mit dem Mann über die Liebe«, sagte ich, »wir überlegten, warum es so sei. Weshalb ich ihn nach langer Zeit immer noch liebte. Obwohl er einer anderen gehörte. Ich gab mich ihm hin.«

Mit diesen Worten begann ich nachzuspielen, wie es mit ihm gelaufen war. Der Mann war neben mir auf einem Ledersofa gesessen. Ich hatte von ihm in der Zwischenzeit tausendfach geträumt und zig Männer als Ersatz genommen.

»Ich habe mich seitdem nur noch von hinten ficken lassen, um ihn besser zu imaginieren«, sagte ich zu Tom.

»Ich habe ihn vergöttert. Es gibt einen Punkt in mir, ab dem die Sprache aufhört. Ihre Macht hört auf. Ich löse mich auf, zergehe, ich wäre beinah gestorben an ihm. Nachdem ich es ihm mitgeteilt, die Vermutung ausgesprochen habe, eines Tages an ihm zu zerbrechen, ist er geil geworden. Und er hat hastig erwidert, dass er nicht wolle, wenn ich zerbrechen würde. *Ich will nicht, dass du zerbrichst.*«

Ich hatte Toms Hemd aufgeknöpft. Er genoss es. Die Umgebung beflügelte ihn. Im Haus seiner Ehe konnte er kein Mann sein. Der Verlust seiner Frau hatte ihm zugesetzt. Es hatte keinen Tag gegeben, an dem er nicht mit ihr beisammen gewesen war.

»Ich habe eine ganz andere Geschichte als du«, warf er ein. »Für mich gab es immer nur die eine.«

»Bei dem Mann, von dem ich spreche, war es gleich.«

»Und was war mit dir? Du warst doch seine Geliebte?«

»Es sah danach aus«, entgegnete ich. »Es war Glückseligkeit. Er erklärte mir, dass Männer aus biologischen Gründen Gefühl und Sexualität trennen könnten.«

»Ha«, machte Tom, »so ein Unsinn. Der hatte keine Ahnung von Biologie ...«

Ich setzte die Schilderung fort.

»Keiner von uns beabsichtigte es. Schließlich ergab sich eine erste Berührung. Es gelang nicht, mich an ihn zu schmiegen und es zur selben Zeit zu fühlen. Ich fühlte es erst Tage später. Ich hatte so oft an diese Szene gedacht, sie gedanklich vorweg genommen, dass die Wirklichkeit gegen die Vorstellungskraft nicht ankam. Was wir tun konnten, war dagegen harmlos.«

»Wogegen?«, fragte Tom.

»Gegen die Liebe«, wollte ich sagen und schwieg. Ich wollte ihn nicht verletzen. Es hätte den Abend zerstört. Ich wollte ihm auch nicht mitteilen, dass ich mir diesen Mann immer noch vorstellte. Die Schilderung hatte Tom trotz seines anfänglichen Widerstandes erregt.

Er zog seine Sachen aus, wie jener vor ungefähr achtundvierzig Stunden alles Stück für Stück abgelegt hatte. Ich tue das Gleiche und lege mich aufs Bett. Ich sehe mich zu ihm um, ob er bald nackt ist. Wir prallen hart aufeinander. Er treibt sich in mich, dass es schmerzt, er schraubt sich in mein Inneres. Er stöhnt leicht und hell. Er hebt und senkt sich. Ich versuche, ihn zu ergreifen. Ich kraule sein Haar, er entzieht sich und kehrt zurück. Sein kleines Ohr fühle ich für einen kurzen Moment, seinen Hals, seine Wange, sein Gesicht berühren meine Lippen. Ich sage, er würde duften. Er sagt, dass es schön sei. Wie schön es sei. Er singt. Ich gebe mich ihm von hinten. Er zuckt, treibt sich in meine Tiefe, harrt aus, wie ich es nie zuvor erlebt habe. Er umfasst meine Brüste, und es erinnert mich an … Wie sich die Liebhaber gleichen … Aber nein: Er ist es! Ihn liebe ich! Er lächelt über mir, auf allen vieren. Er sagt, Leid würde dazugehören, als ich von seiner Ehe spreche. Ein Geräusch von draußen. Er erschrickt. Ich kann ihn beruhigen, ich nehme ihn in den Mund. Er stößt fest gegen meinen Gaumen. Ich beginne zu hecheln, ich unterstütze mich mit der Hand. Er kommt. Es regnet in meinen Hals, und ich schlucke sein Inneres. Das sei so schön, so schön, singt er im Orgasmus. Kurze Zeit später, nachdem er gegangen war, erhielt ich eine E-Mail. Er teilte mir mit, die Augenblicke mit mir nicht missen zu wollen und zu hoffen, mir nicht auf Dauer geschadet zu haben.

Ich hatte die ganze Zeit geschwiegen und ordnungsgemäß auf Toms Zärtlichkeiten reagiert. Da ich ihn nicht wirklich liebte, wollte ich umso öfter seine Liebe zu mir hören. Ich konnte es nicht glauben. Er erschien mir verlogen. Ich meinte, er liebe mich aus pragmatischen Gründen, etwa, um seine Trauer abzuwehren.

»Liebst du sie noch immer?«

Er legte mir die Hand auf den Mund und küsste mich. Nach dem Beischlaf erzählte mir Tom, mit seiner Frau alles gemeinsam gemacht zu haben. Doch habe sie ihn nicht in ihr Inneres gelassen. Dorthin sei niemand, er meine, nicht einmal sie selbst, vorgedrungen. Er vermutete darin den auslösenden Faktor für die Krankheit. Er hatte feuchte Augen. Wir erwachten aus den Erinnerungen und fanden uns in Vaters Denkgehäuse wieder.

In Vaters Denken funktionierte alles perfekt. Die Küche war blitzsauber. Sie war wohl billig und spartanisch eingerichtet, es gab naturgemäß keinen Geschirrspüler, aber Wischtücher und Scheuerlappen, Spülmittel, Töpfe und Pfannen, alles war da. Im Tiefkühlfach entdeckte ich eine aufgetaute Hähnchenpfanne, Hühnerkeulen aus einem Supermarkt. Das Ablaufdatum war ein Jahr überschritten. Vater stieß sich nicht daran. Wir hatten häufig schimmliges Brot vorgesetzt bekommen.

»Das schadet euch nicht«, hatte Vater lachend gesagt und war so lang geblieben, bis wir den Schimmelpilz abgeschabt und das Brot verzehrt hatten.

Wenn uns Gefühle von Ekel befielen, erhob Vater seine Stimme. Mehrere Male schlug er auf Mutter ein, bis mein

Bruder dazwischenfuhr. Vater war gewalttätig. Er war wie eine tickende Bombe, die irgendwann explodiert.

»Im Zorn wurde er menschlich«, murmelte ich.

Tom war hinter mich getreten. Er verbarg etwas hinter seinem Rücken.

Ein kindisches Fangspiel begann. Er rannte durch das ganze Haus, bis ich ihn endlich hatte. Ich ergatterte die gerahmte Fotografie. Das Bild zeigte mich zwischen meinen Eltern. Sie waren ziemlich alt für mich und hätten meine Großeltern sein können. Ich hatte zu diesem Zeitpunkt, im Alter von ungefähr zwölf Jahren, bereits einen erwachsenen Bruder.

»Hast du Kontakt zu deiner Schwester?«, fragte Tom.

Ich schüttelte den Kopf. Meine Schwester war wie mein Vater gewesen. Sie hatte sich beim geringsten Anlass zurückgezogen. Sie war zum Studium in die Staaten geflogen und nur noch ein-, zweimal jährlich zu Besuch gekommen. Auf mein Fax über Vaters Verschwinden hatte ich keine Antwort erhalten. Sie hatte meinen Vater gefürchtet und bewundert. Sie war vor ihm geflohen. Sie war äußerst ehrgeizig, hatte stets die besten Zensuren bekommen. Das war ihre Art, sich gegen Vater abzugrenzen. Während ich die Flucht nach vorne antrat und seinen Geruch inhalierte, bewahrte sie sich einen Ort, um für sich zu sein. Vater hatte keinen Zugang zu meiner Schwester. Ich dagegen verherrlichte ihn und hoffte darauf, dass er mich eines Tages bei sich einlassen und sein Leben mit mir teilen könnte.

»Wo wollen wir schlafen?«, fragte Tom.

Wir legten uns in mitgebrachten Schlafsäcken ins Auto. Mit einem Mann in Vaters Bett zu schlafen wäre mir verrückt erschienen. Anderntags suchten wir die Umgebung ab. Nichts. Ich hatte zu schweigen begonnen, wovon Tom beunruhigt war. Wir fuhren vor Anbruch der Dunkelheit zurück.

13

Der unerreichte Mann hatte Macht über mich, was er auch wusste. Er hatte es mir in zahlreichen Mails geschrieben. Wir waren wieder in Kontakt getreten, denn ich liebte diesen Mann gegen jede Vernunft.

Der Beginn der Geschichte lag viele Jahre zurück. Der Mann war meine Jugendliebe. Es gab ihn immer schon. Zuerst hatte er nur als Idee und Traum in meinem Inneren existiert; dann hatte er plötzlich Gestalt angenommen. Mir schien, als wäre er das Kind einer Fee und eines Magiers. Wenn ich nicht einschlafen hatte können, hatte ich mich als junges Mädchen in sein Elternhaus geträumt. Ich war an seiner Stelle gewesen, ich war die Tochter seines Vaters und seiner Mutter. Ich spürte eine seltsame Befriedigung, wann immer mich ein Mann seinen Eltern vorstellte. Es war, als schlösse sich ein Kreis; eine tiefe Beruhigung trat ein, als wäre ich nach langer Suche endlich angekommen. Doch waren es immer nur kurzzeitige Aufenthalte und Pausen, und die Vision des unerreichten Mannes kehrte zurück.

Die Liebe geschieht wie ein jähes Erschrecken und hat den Geruch sonnenbeschienenen Laubs. Und ist einem Augenblick vergleichbar, wenn Wind in einen feuchten Blätterhaufen stößt, und sich ein paar Blätter lösen, für kurze Zeit aufsteigen, um, den Gesetzen der Schwerkraft folgend, allmählich wieder hinabzusegeln.

Ich hatte ihn sofort erkannt. Es war in einem Frühsommer kurz vor Schulschluss.

Er setzte sich in der Aula zu mir. Die Türen zur Schulbibliothek auf der einen und zum Pausenhof auf der anderen Seite standen weit offen. Und wie in einem heftigen Durchzug floss Licht und strömten Schülerkörper lärmend und kreischend vorbei. Sie waren zu einer zähflüssigen Masse geworden, und nicht einmal meine Freundinnen schafften es, sich bemerkbar zu machen; ich erkannte sie nicht. Es war, als wäre ich von ihm umhüllt, als wäre alles durch ihn vernebelt. Er sah mich an, und die gerade Linie seines Blickes grub sich tief in mich ein. Und sooft er mich von diesem Moment an zu sich rief, kam ich und gab mich ihm hin. Es war wie ein Gesetz, dass ich zu ihm müsste, sobald er danach verlangte. Seine Stimme war wie ein Rinnsal, das sich zwischen meinen Schenkeln hindurchschlängelte und in mein Inneres fand. Wie eine Infusionslösung drang er mit bloßen Worten in mich ein. Geschweige denn mit Berührungen und Blicken, unter welchen ich manchmal erstarrte.

Und so bedeutete es auch ein gewisses Maß an Erleichterung, als er sich nach mehreren Treffen, nach ungefähr einem halben Jahr, einer Mitschülerin von mir zuwandte. Sie war ein paar Klassen über mir, und auf Grund ihres Alters und Aussehens hätte ich sie nie als Konkurrenz betrachtet. Der unerreichte Mann und das andere Mädchen blieben fünf Jahre zusammen, bis er während seines Studiums seine künftige Frau kennen lernte. Wir waren die ganze Zeit telefonisch und brieflich in Verbindung geblieben. Ich hatte seine Erlebnisse mitvollzogen, einen einjährigen Auslandsaufenthalt in den Staaten, während dem er mit einer Amerikanerin liiert gewesen war. Seine künftige Frau war Journalistin. Sie arbeitete im selben Rundfunkgebäude wie ich. Manchmal konnte ich sie von meinem Tisch aus in der Kantine beobachten, wie sie scherzend inmitten von Männern saß. Als sie einmal als Auslandskorrespondentin längere Zeit fort war, erglühte die Leidenschaft zwischen dem unerreichten Mann und mir von neuem. Er rief wieder bei mir an, schickte mir eine SMS nach der anderen, und ich war schon von seiner Stimme betäubt. Als seine Frau zurückkam, hörte ich nichts mehr von ihm.

Nachdem ich von Vaters Verschwinden gehört hatte, kundschaftete ich seine Internet-Adresse aus und begann ihm nach langer Zeit wieder zu schreiben.

Ich schrieb dem unerreichten Mann unzählige E-Mails. Und er antwortete mir als *mein Tagebuch*. Einmal war ich in Vaters Wohnung und rief ihn an. Ich wollte Vaters Bett entweihen. Nein, verstehen Sie mich richtig; ich wollte es einweihen, das Bett beschlafen, es erden, heiligen. Dieser Mann war für mich Mann an sich, die Idee eines Mannes.

Es gibt Fälle, wo sich Fickbeziehungen über Jahre und manchmal lebenslang halten. Man trifft sich nach langer Zeit, und es ist jedesmal, als wäre es gestern gewesen. Die Sexualität verwirrt mich. Sie ließ mich in glänzenden Zauberformeln glauben, es geschafft zu haben, ihn erreicht zu haben, wieder und wieder. Wir taten es auf dem Fußboden. Wir nahmen ein Vollbad, wie ich es seit einiger Zeit mit dem Polizeipsychologen zu tun gewohnt war.

Meine Liebe war frei. Ich konnte ihn damit übergießen.

»Lass mir einen Fetisch von dir da«, bat ich ihn zum Abschied.

Nachdem er fort war, würgte es mich, und ich spürte meinen Körper auf befremdliche Weise. Die Haut brannte, und an manchen Stellen hatte ich das Gefühl, durchlöchert zu sein. Mein Inneres konnte austreten. Keine Spur blieb von ihm, und nichts von Berührungen und Küssen. Ich rief Tom an. Ich rief wieder und wieder bei ihm an, unaufhörlich, bis ich nach einer guten Stunde endlich seine Stimme hörte.

»Ich war in einer Sitzung«, sagte er, »was gibt es?«

Ich überlegte kurz und behauptete, augenblicklich etwas verwirrt zu sein und es vergessen zu haben. Doch es sei dringend gewesen. Ich wollte ihm Schuldgefühle machen. Er sollte die Verantwortung für meinen Gedächtnisverlust übernehmen.

»Ich vergesse Dinge«, sagte ich, »möglicherweise eine Nachwirkung von ECT.«

»Wann treffen wir uns? Ich komme dich abholen!«

Ich hatte keine Lust, ihn zu sehen. Ich liebte diesen unerreichten Typen, wie ich Vater liebte, mit derselben Wut und Gewalt.

»Ich würde dir gern von meiner Ehe erzählen«, sagte Tom. Es war offenbar einer seiner mitteilungsbedürftigen Momente.

Wir trafen uns im Café Central. Der Polizeipsychologe sprach von einer *Neuorientierung*, die er notwendig habe. Und von einem Horizont, den er vor sich sehe und der in Sektionen geteilt sei, die für verschiedene Lebensbereiche stünden. Zumal seine Frau nicht mehr lebe, gelte es nun, die Bereiche neu zu besetzen.

»Ich will eine neue Tiefe erreichen. Und mit dir kann das möglich sein. Du bist auf dem richtigen Weg. Du bist anders, als du selbst glaubst, Sarah.«

Woher er das wisse, fragte ich ihn.

»Du bist wie ein offenes Buch!«, rief er aus.

»Lass dich nicht täuschen«, räumte ich ein. Mich störte ein wenig, dass er sich seiner Sache so sicher war. Psychologen! Glauben immer Bescheid zu wissen, einen Röntgenblick zu haben. Hinterfragen alles. Sehen vor lauter Eingeweiden keine Haut. Haben keine Grenzen und sind uferlos.

»Wie war deine Frau?«, fragte ich und bestellte mir ein Stück Apfelstrudel.

Er zeigte mir ein Foto von ihr nach der Chemotherapie, mit sehr kurzen Haaren.

»Wir hatten eine nahezu perfekte Ehe«, murmelte Tom.

Später erfuhr ich, dass sie einander zwanzig Jahre lang betrogen hatten. Strahlend erklärte mir Tom, welch besonderen Reiz es auf ihn ausgeübt habe, wenn sie nachts von ihrem Freund nachhause gekommen sei.

»Wir hatten die perfekte Ehe«, wiederholte er.

Nun konnte ich mir ungefähr vorstellen, wie *mein Tagebuch* die Geschichte mit mir sah. Sex bedeutet nichts bei

Männern. Sie genießen es und gehen darüber hinweg. Sie sind blind und taub, wenn sie Sex haben. *Mein Tagebuch* hatte mir die Hoffnung auf eine chronische Fickbeziehung genommen. War er sich eben noch in Wonne über meinen Leib ergangen, schickte er unmittelbar darauf protokollarische Reueformeln durchs internationale Datennetz.

»Mit Sex«, sagte ich zu Tom, »wollte ich die Männer an mich binden. Sie nahmen meine Launen viel eher in Kauf, wenn sie guten Sex dafür bekamen.«

»Wie ist das mit uns?«, fragte Tom.

Ich war kurz davor, die Vermutung auszusprechen, dass er noch nicht frei für die Liebe sei. Um eine neue Beziehung zu entwickeln, müsse mehr Zeit nach dem Verlust verstrichen sein. Daran, dass er noch immer den Ehering angesteckt hatte, erkannte ich seinen Unwillen, sich von der Vergangenheit loszusagen.

»Wollen wir uns lieben?«, fragte Tom.

»Dein Mund wird trocken«, sagte ich in Anspielung auf eine Nebenwirkung des Potenzmittels.

»Mir kommen Bilder dazwischen«, sagte er. »Ich werde geil, will mich dir hingeben, und dann zerplatzt das Gefühl. Und schreckliche Visionen suchen mich heim.«

»Von früher?«, spielte ich die einfühlsame Psychologin.

Er blickte starr vor sich hin.

»Wir sind alle missbraucht worden«, murmelte er. »Auf irgendeine Weise wurde jeder Mensch von seinen ersten Bezugspersonen missbraucht.«

Er schüttelte sich, wie um einen Eindruck loszuwerden. Er stammelte etwas über den Zugriff einer Tante auf seine Genitalzone. Sie habe sich darin gefallen, ihn besonderen Hygienemaßnahmen zu unterziehen. Damit er nicht an der Vorhaut operiert werden müsse, habe sie ihn gegen seinen Willen mit Tinkturen behandelt. Erst später sei ihm bewusst gewesen, dass es ein grenzüberschreitendes Handeln gewesen sei, Missbrauch eines Abhängigkeitsverhältnisses. Er habe fast jeden Sommer bei dieser Tante verbracht.

»Hat es dich verletzt?«, fragte ich.

Er sah erbarmungswürdig aus, als hätte ihn die bloße Erinnerung an seine Sommerferien kastriert. Ich wartete, bis das Gefühl schwächer geworden war, und formulierte die Frage anders.

»Was war für dich die bisher schrecklichste Erfahrung?«

Als er noch immer nicht reden mochte, nahm ich selbst dazu Stellung.

»Eines Morgens fuhren wir im Autobus. Ich fragte nach unserem Ziel. Nervös hat Mutter mich an der Hand gehalten. Wir hatten eine Reisetasche dabei. Sie hat mich und die Tasche in der Klinik zurückgelassen. Eine Krankenschwester hat mich übernommen.«

»Es ist das Verlassenwerden«, stimmte der Polizeipsychologe mir zu, »was am meisten schmerzt. Wovor wir uns fürchten.«

»Ich habe panische Angst, dass du, wie damals Mutter, mein Vertrauen missbrauchen könntest.«

Er nickte, wie um zu sagen, er hätte es bemerkt.

»Damals, als sie mich abgegeben hat«, fuhr ich fort, »habe ich den Glauben an das Leben verloren. Es war einschneidend für mich, nach der Narkose unter Fremden zu erwachen. Irgendwann ist Mutter gekommen. Sie ist in der Tür gestanden und hat kaum gewagt, mich anzusehen. Es war Verrat. Ich konnte es nie verzeihen.«

»Und als sie starb?«

»Du hattest recht«, erwiderte ich, »seither bin ich allergisch gegen Milchprodukte.«

Er war nach unserer Unterhaltung weich geworden und hatte die Psychologenpanzerung abgelegt. Ich fand ihn liebenswert, aber feminin. Ich wollte fort und bei ihm bleiben. Naturgemäß wurde daraus ein Streit. Ich warf ihm vor, mich nicht hinreichend zu lieben, zumal er mich nicht heiraten wolle. Er meinte, ich sei wohl verrückt, zudem hätte ich bereits eine Ehe vorzuweisen. Ich gab zu, Unsinn geredet zu haben. Die Erinnerung an das Verlassenwerden hätte mich wütend gemacht. Ich warf mich gegen den größten Widerstand an ihn. Wir verschmolzen. Doch nur um das Gift in mir mit einem noch stärkeren Gift zu bekämpfen.

14

Eine Lederjacke, die ich bislang nicht beachtet hatte, hing am Garderobenständer. Als ich sie berührte, neigte sich der Ständer und fiel mir entgegen. Mehrere Kleiderbügel und die Jacke landeten auf dem Boden. Die Orangenschalen befanden sich, inzwischen ausgetrocknet, spröde und gebleicht, dort, wo ich sie hingelegt hatte. Ich zog die Jacke an und posierte damit vor dem Spiegel.

Ich durchsuche Kleidungsstücke und weiß nie, wonach ich suche. Ein jeder, der sich für mich interessiert, erweckt bei mir einen Verdacht. Tom hätte ich zugetraut, heimlich den Inhalt seiner Kondompackung zu verringern und mir weiszumachen, eifrig und einsam im Nachtdienst zu sein, während er eine Geliebte beglückte. Ich gehe davon aus, ständig hintergangen zu werden. Vater hat mich um sich betrogen.

Ich fand in der Jacke einen Knopf, der zu einem Mantel gehörte. Ich suchte nach dem Mantel und geriet immer tiefer in die Suche hinein. Ich durchwühlte Schubladen und Schrankfächer, musterte Socken und Strümpfe, steckte den Kopf in die Waschtrommel im Bad und rückte in der Küche den Geschirrspüler beiseite, falls etwas dahinter war. Ich hätte noch das Besteck aus der Kredenzlade gegen das Licht gehalten, um geheime Gravuren zu entdecken! Ich meinte, gegen ein Verbot verstoßen zu haben. Vater würde an Spuren erkennen, dass ich ihm untreu geworden war.

»Du bist eine gute Frau«, hatte Erdal gesagt, bis ich ihm durch mein hartnäckiges Zurückbleiben bewiesen hatte, dass er sich gründlich getäuscht hatte. Auf einmal stieß ich mit dem Fuß an etwas, das dem Widerstand nachgab. Ich bückte mich. Unter Vaters Bett holte ich den faulenden Langohrigel hervor.

Ich hatte ihn mit einem Aufschrei fallen gelassen.

Ein Wüstenigel, der nicht ohne Wasser ausgekommen war!

Hatte ich den Wüstenigel verkommen lassen, oder war es ein Gesetz der Natur für Kreaturen seinesgleichen, in Wohnungen zu krepieren? In meiner Not, und weil ich weder ein noch aus wusste, rief ich zuerst bei Tom und anschließend bei Emilia an. In Toms Villa hob der Schwager ab, worauf ich sofort die Verbindung unterbrach. Emilia war nicht zu erreichen.

Ich hatte das Zimmer verlassen und die Tür geschlossen, als könne mich der Kadaver verfolgen. Mich hatte bereits als Kind in Albträumen die Vorstellung gequält, von Totem berührt zu werden. Über die Vergänglichkeit hinaus zu existieren, ist gespenstisch.

Ich war minutenlang steif und starr vor Entsetzen. Ich meinte, Verwesungsgeruch ströme durch die Türritzen, und flüchtete in die Küche. Ich hatte den Wüstenigel als Botschaft an Vater empfunden. Doch ich wusste noch nicht einmal, ob Vater bei seinen Aufenthalten in der Wohnung den Igel bemerkt hatte. Vielleicht wäre es vernünftiger gewesen, ihm eine Nachricht zu schreiben. Ich öffnete das Küchenfenster, nahm im Augenwinkel Reisemagazine und Alpinkataloge auf dem Eisschrank wahr. Ich hatte einen Geschmack auf der Zunge, als hätte ich Wachs gegessen, und reckte mich aus dem Fenster. Unten überquerten Schulkinder mit Rucksäcken den Hof, und ich meinte, bis herauf ihre Bleistifte und Hefte zu riechen. Es gibt spezielle Gerüche in öffentlichen Gebäuden, Schwimmbädern, Büroräumen, Krankenhäusern, Hotels. Jedes Eigenheim hat seinen Geruch. Früher hatte es nur an bestimmten Stellen der Wohnung nach Vater gerochen. Am stärksten duftete es in seinem Bett. Ich könnte ihm einen Brief schreiben, fiel mir ein: *Vater, ich will dir nur Folgendes sagen.*

Beim nächsten Versuch erreichte ich Emilia und verabredete mich mit ihr auf dem Stephansplatz vor dem Café *Aida*.

Vater war Schriftsteller. Demente Schriftsteller gibt es nicht. Er hatte hierzulande populäre Werke geschrieben. Seinen ersten Roman nannte er *Die Geode*. Vater spaltete äußerlich unscheinbares und eher hässliches Vulkangestein, in dessen Inneren die zauberhaftesten Farben und kristalline Formen waren. In Glasvitrinen im Vorzimmer und in dem Zimmer, wo jetzt der Igel faulte, war neben Fossilien, Quarzen, Calcitdrusen, Erzgesteinen und Bergkristallen auch versteinertes Holz, das er hatte schleifen lassen.

Als ich mit der U 1 zum Stephansplatz fuhr, erhielt ich einen Anruf aus der Redaktion. Mein Boss sagte, mich ewig nicht erreicht und eine unglaubliche Neuigkeit für mich zu haben. Ich würde zu einem Casting für Fernsehmoderatorinnen geladen. Voraussetzung dafür sei, dass ich mich entschieden hätte, im Land zu bleiben. (Er wusste von dem Hin und Her mit Erdal.) Wenn es gut ginge, hätte ich die Möglichkeit, eine Nachmittagsshow zu moderieren. Derzeit sei eine Show in Vorbereitung, über Liebe, Erotik, Sport, Wellness, Mode, Business, Mobbing … Ob mir das gefallen könne?

Ich war telegen. Also, was sprach dagegen? Vielleicht, dass ich in letzter Zeit ein wenig psychotisch war und die Wirklichkeit nicht immer von meinen Fantasien unterscheiden konnte? Ich nahm mir unverzüglich vor, übers Fernsehen nach Vater zu suchen.

»Klar mache ich mit«, gab ich durch und ließ mir Zeit und Ort des Castings nennen. Das anschließende Gespräch mit Emilia war von Begeisterung geprägt. Sie ließ sich mitreißen.

»Vielleicht haben sie ja auch für mich Verwendung«, meinte sie.

15

Als ich mich auf den Weg zu Toms Villa machte, spürte ich einen kurzen Stich in der Herzgegend und hätte gern Johanna im Arm gehalten. Ich konnte mich an die Schwangerschaft kaum erinnern. Wie oft war ich mit ihr U-Bahn gefahren, und im letzten Drittel waren Leute sofort aufgesprungen und hatten mir ihren Sitzplatz überlassen. Wie selbstverständlich sich mein Körper in seinen Bewegungen dem Gewicht angepasst hatte! Und das Strampeln, die Tritte von innen gegen den Nabel, Ausbuchtungen von Fersen gerade unter meinen Brüsten, während ich in der Badewanne lag. Wo war sie? Wie hatte ich ihnen versprechen können, gleich nach Istanbul zu kommen? Und, hatte ich mir nicht erwartet, Erdal würde sie mir hier lassen, und ich könnte auf diese Weise in Ruhe die Lage überdenken?

»Ich weiß nicht mehr, wie das zuging«, sagte ich zu Tom, »plötzlich waren beide aus meinem Leben verschwunden, Erdal und Johanna.«

Ich bat ihn, mir eine Tiergrimasse zu schneiden.

»Mach mir das Schwein!«

Bereitwillig stülpte er die Lippen vor und zog eine Schnute. Er vollführte seltsame Schaukelbewegungen mit dem Oberkörper und deutete mit den Händen ein Lenkrad an. *Das Schwein am Steuer eines Kraftwagens.* Ich lachte Tränen.

»Noch ein Mal!«

Tom grunzte bereitwillig.

Ich lachte und verspürte schlagartig Hass. Ich fand es arrogant, sich als Psychologe ins Innere von Menschen einzuschleichen. Auch in mein Inneres hatte er es geschafft. Indem ich die Liebe nur spielte, meinte ich, mich an ihm gebührend zu rächen. Er sollte dafür bezahlen, dass ich unfrei war.

Der Versuch, noch irgendeine Logik in das Durcheinander von Gedanken zu bringen, schlug fehl. Mangels eines Mannes, der mich zum Essen einlud oder auf andere Weise zerstreute, warf ich mich an den Polizeipsychologen und küsste ihn ganz heftig. Ich biss ihn ins Ohrläppchen, packte seine rechte Hand und sog am Handrücken. Ich war unersättlich im Verlangen nach Glück. Ich wollte es an den Haaren herbeizerren, wenn es anders nicht möglich war.

»Manchmal glaube ich, Johanna zu riechen.«

Tom sah mich überrascht an und grunzte.

»Hör auf«, rief ich aus. »Ich will das jetzt nicht.«

Tom sah mich mit dem Blick eines Bernhardinerhundes an, dem das Futter vor der Schnauze weggeschnappt wurde. Ich meinte, ihn knurren zu hören. Doch er grunzte.

»Sei kein Schwein!«, rief ich hysterisch aus. Ich warf mich, als er weitergrunzte, auf ihn und trommelte mit den Fäusten auf ihn ein. Schließlich ließ ich von ihm ab, der seine Hände schützend über den Kopf gelegt hatte, und brach in Geheul aus. Ich fühlte mich wie eine leere Blechbüchse, und alles, selbst Toms Wohnung, enthielt auf einmal eine Ahnung von Johanna.

»Es ist der Duft, irgendetwas erinnert mich«, sagte ich, nachdem ich mich wieder beruhigt und bei Tom entschuldigt hatte. Er hatte die Entschuldigung akzeptiert und mich darauf hingewiesen, dass er wohl der einzige Mann sei, der sich so etwas gefallen lasse.

»Ich kann nicht vor und nicht zurück. Hier ist Vater. Dort ist Johanna. Mein Vater weiß nicht mal, dass es sie gibt.«

»Du wehrst deine Trauer mit Aggression ab«, entgegnete Tom, und dass er nicht der Blitzableiter sein wolle. Er schlug vor, ein Vollbad zu nehmen (doch das hätte nur wieder verzweifelten Sex bedeutet), wir könnten auch eine Partie Mensch-ärgere-dich-nicht spielen.

»Oder Schach«, lenkte er ein, als hätte er eine Dummheit gesagt.

»Oder«, fuhr er fort, »hast du Lust auf Kuscheln? Und wir lassen uns ein wenig berieseln.«

Mit Berieseln meinte Tom etwas, das kein Mensch für möglich hält. Dass Polizeipsychologen, Journalisten, Ärzte, Beamte, Juristen im Staatsdienst, Künstler zuhause die primitivsten Sender, die man sich nur denken kann, in der Einschaltquote potenzieren. Er hatte bereits die Fernbedienung in der Hand, um einen bestimmten Kanal abzurufen. Eine Mediziner-Saga in mehreren Folgen. Herz und Schmerz, Sex und Intrige, Drama ohne Ende. Happy End. Und das alles in entsprechend exotischer Umgebung. Kuba stand auf dem Programm. Diese Schmuddelserie in Verbindung mit Toms Kindersex hätte mich endgültig matt gesetzt.

»Spielen wir Schach«, entschied ich.

Das Brett war nicht aufzufinden. Und ehe die braungebrannten Ärzte und Models mit Schwesternhäubchen bei uns im Wohnzimmer Einzug hielten, gab ich mich lieber hin.

»Ich will nur dich«, flüsterte ich ihm auf die Haut. Sein Ding schwoll an und fiel wieder zusammen.

»Mist«, sagte Tom.

Männer sind durch einen Rückgang ihrer Potenz jeder Zeit zu verunsichern. Ihre sexuelle Potenz ist so etwas wie ein Identitätsnachweis. Wenn sie an gewissen Körperstellen welken, welkt auch die Welt um sie herum. Etwas einfacher ausgedrückt, orientieren sie sich an der Drahtigkeit ihrer Schwänze.

»Ach, ich liebe ihn so, er ist wie ein Teleskop«, ließ ich mich nicht beirren, und sogleich schwoll er in meiner Hand wieder zur Latte. Penisse sind wie naseweise kleine Jungen. Man braucht ihnen nur zuzuflüstern, dass sie die größten und tollsten sind. In dem Zusammenhang fiel mir das Märchen von des Kaisers neuen Kleidern ein. Alles diente bloß zur Ablenkung. Selbst Vater war nur dazu da. Und sein Verschwinden. Und Tom. Und Toms Teleskop.

»Weißt du, dass ich zu Johanna manchmal keinen Gedanken habe?«

»Hysterische Verdrängung«, murmelte er. »Das kommt häufig vor nach einem Verlusterlebnis. Dient zur Abwehr der Trauer. Man hat kein Gefühl. Aber jetzt hör bitte auf, dich zu quälen …«

Ich zog ihn an mich, deutlich fühlend, dass er der Falsche war. Ich hatte Sehnsucht. Doch irgendetwas war schief gelaufen, und Erdal hatte mich verlassen. Aus der Klinik war ich ans grelle Licht getreten, innerlich leer und ohne ein Bündel. Die anderen Frauen von der Gebärstation hatten alle ein Bündel bei sich, als sie die Klinik verließen.

Toms Potenz sollte zurückgehen, und er sollte sich als Schwein entpuppen. Zum Glück hatte ich geschwiegen und diesen Unsinn nur gedacht. Männer nehmen es einem übel, wenn man sie bei der Entwicklung zum Liebhaber unterbricht. Sie wollen ernst genommen werden, wenn sie sich in Liebhaber verwandeln. Toms Metamorphose war in vollem Gang.

»Küss aber nicht meine Brüste«, wollte ich sagen.

Längst wand ich mich unter seinen Berührungen, und schon sog er sich an mir fest, soviel ich auch in sein Haar fasste.

»Das ist so schön«, rief ich aus und dachte an nichts mehr.

16

Meine berufliche Abwesenheit hatte mir keineswegs geschadet. Zwar wurde an meinem früheren Arbeitsplatz gemunkelt, ich hätte einen stationären Aufenthalt in einer geschlossenen Psychiatrie hinter mir. Doch das hatte ich mit fast allen sensiblen Menschen gemeinsam. Von Erdal war mir bekannt, dass seine Kollegen sich im Krisenfall gegenseitig behandelten.

Das Casting war anstrengend. Ich hatte einen Text auswendig zu lernen und musste ihn einem Gremium vortragen. Der zweite Teil bestand in einer Improvisation und fiel mir leichter. Diesmal sahen mir nur zwei Personen zu, ein Mann und eine Frau in meinem Alter. Sie waren ein Paar und tauschten während meiner Vorführung Blicke aus. Die Frau schien sich von ihm die Bestätigung zu holen, dass sie mit ihrer Einschätzung richtig lag. Beide waren Schauspieler. Die Leiterin des Castings hieß Ulla Ellensohn und verkündete am Ende die Namen der auserwählten Bewerberinnen. Mir war vor dem Kameratest eine störende Haarsträhne weggeschnitten worden, was die Ellensohn ohne meine Zustimmung veranlasst hatte. Die Improvisation war bei den Schauspielern gut angekommen, sie hatten mir anhaltend applaudiert. Ich, eine Rothaarige und ein kleines unscheinbares blondes Mädchen gelangten in die Endrunde, bei welcher eine von uns ausgeschieden werden sollte. Wir sprachen dem korpulenten Schauspieler unter Ellensohns Aufsicht bei laufender Kamera verschiedene Zungenbrecher nach, mussten singen, steppen und Lustigkeit vortäuschen. Als die Rothaarige mit einem Mal – ich meinte schon, Emilia vor mir zu haben – im Sprung einknickte und, obwohl die beiden Schauspieler wie Hampelmänner weiter den Takt klatschten, und die Ellensohn immer finsterer dreinsah, sich den Unterleib hielt und zu heulen anfing, wurde sie wegen Ausdrucksschwäche verabschiedet.

Emilia, die draußen, geschminkt wie ein Weißclown und mit der üblichen schwarzen Federkrawatte, auf mich wartete, presste mich an ihre vorgewölbte Brust.

»Kindchen!«, gluckerte sie vor Freude, und ich fragte mich, wie es ihr gelang, ihren Neid zu beherrschen. Fernsehmoderatorin zu sein, konnte die Lösung bedeuten. Auf mich würden Tausende, ach was, Millionen von Augenpaaren zu regelmäßigen Sendezeiten gerichtet sein, ich brauchte mich nicht allein und unbeachtet zu fühlen und hätte es nicht mehr notwendig, psychotisch zu werden.

Wir gingen ins Café Europa, wo ich früher oft mit Erdal war. Wir wollten feiern. Als ich Emilia zugeprostet hatte, entdeckte ich Erdals erste Ehefrau, eine Anstaltspsychologin. Sie war mit einem Schweizer Bankdirektor zusammen und noch in Begleitung eines weiteren Typen. Beide hofierten sie.

Dass sie seine Exfrau, und ich jetzt seine Frau war, hatte für mich keine Gültigkeit. Meines Wissens traf er sich auch nach unserer Heirat mit ihr. Die Beziehung war stabil geblieben. Trauscheine bedeuteten nichts.

Ich orderte für uns einen Cocktail, dessen Namen ich vergessen hatte und den ich nur dem Geschmack nach beschrieb. Irgendein Südseetraum, ich hatte keine Ahnung, wie er hieß.

»Mai Tai«, sagte die Kellnerin lächelnd und verschwand.

Durch die Gegenwart von Erdals Anstaltspsychologin hatte ich den Eindruck, dass auch er selbst anwesend war. Meine Erfahrungen in Vaters Bett bedingten, dass alles, was ich selbst erlebte, bald verpuffte. Wenn jemand sagte, mich zu lieben, war es nur so lange gültig, als ich es ihn sagen hörte. Es verflog. Sagte dagegen jemand etwas Positives über eine andere Frau, hatte es ewig Gültigkeit und brauchte nicht erneuert zu werden.

»Mmh, ist ja exotisch«, schwärmte Emilia angesichts des

Cocktails. Sie gab sich nach dem Verlust ihres Pizzakochs den geringsten Freuden hin, um Defizite auszugleichen.

»Manchmal ertrage ich die Psychologin in mir nicht«, gestand ich. »Diese ewig alles kommentierende und besserwisserische Instanz. Es gibt nichts, das sie nicht durchschaut. Ich war übrigens in Gugging.«

»Beruflich?«, hätte mich Emilia fragen können.

Doch ihr Blick sagte, dass sie verstanden hatte. Ich erzählte kurz von Tom und wie wir uns kennen gelernt hatten, erwähnte aber nicht seinen Schwager, das hätte zu weit vom Thema abgeführt.

Ein neuer Lebensabschnitt begann.

Meine Freundin war taktvoll genug, mich nicht an mein Baby zu erinnern, das fern von mir in einer türkischen Familie lebte. Es kamen keine Milchtropfen mehr. Das Verschwinden meines Vaters konnte diesen Abend nicht trüben. Ich meinte, es im Griff zu haben; sein Verschwinden, seine Verwirrtheit, seine Romane und Gedanken, alles gehörte auf einmal mir, seit ich Aussicht hatte, dass Millionen von Fernsehteilnehmern mir ihre Zuwendung schenkten. Etwas, das er nie getan hatte. Er hatte sich immer in sein Zimmer hinter den Schreibtisch zurückgezogen, dorthin, wo der tote Langohrigel lag. Wir Kinder waren ermahnt worden, uns still zu verhalten. Unser Vater hatte zu arbeiten, zu schreiben gehabt. Oder er polierte Mineralien. Er beklebte sie mit Etiketten und platzierte sie in den Vitrinen. Manchmal hatte er ein Foto von uns gemacht; das heißt, wir hatten uns *ins Bild stellen* müssen.

Mutter war zu schwach gewesen für diesen Mann und hatte ihm gehorcht. Mit sechzig hatte er zu studieren begonnen, mit vierundsechzig sein zweites Doktorat in Geographie gemacht. Ursprünglich war er Altphilologe und beschäftigte sich, wenn er nicht gerade in einer künstlich verhängten Stille an Romanen schrieb, mit Walther von der

Vogelweide. Er bezeichnete sich als Spezialist für Minnesang und fühlte sich als moderner Minnesänger. Seine Schriften bekamen wir nie zu Gesicht, und wenn wir uns in Mutters Abwesenheit seinem Schreibtisch näherten – obwohl wir uns ihm von vorne näherten, bemerkte er es immer erst im allerletzten Moment – deckte er sofort die Hand darüber und fuhr uns an, dass das nichts für Kinder sei.

»Geht hinaus, verschwindet«, brüllte er. Und schrieb, bis Mutter zurückkam und ihm in einer Thermoskanne Tee brachte. Den Mahlzeiten blieb er in Arbeitsperioden fern. Man bemerkte seine Gegenwart nur an der künstlich verhängten Stille. Gern hätten wir ein Produkt dieser Stille kennengelernt und waren enttäuscht, dass wir vom Ergebnis seiner Arbeit völlig ausgeschlossen wurden.

Er begann sich einzusperren, zumal wir ihn des öfteren bedrängt hatten. Unser bloßer Anblick war schon Bedrängnis.

»Geht fort, verschwindet«, rief er, ohne aus dem, was er *Schreibfluss* nannte, jemals aufzutauchen.

Er sperrte auch seine Frau aus, die zu trinken und rauchen anfing und hauptsächlich damit beschäftigt war, es vor ihm geheim zu halten. Wann immer er plötzlich das Zimmer verließ, und wie eine Erscheinung unversehens vor uns stand, so, als hätte alles nur darauf gewartet und als müssten wir sofort bereit für ihn sein, ließ Mutter überstürzt alles liegen und stehen und stopfte die glühende Zigarettenkippe in den Ausguss, versteckte die Wein-, später die Schnapsflasche und setzte ein freundliches Gesicht für ihn auf.

»Was ist los?«, fuhr er uns an und begann hämisch zu lachen. »Bin ich ein Waldgeist oder was? Ihr steht ja da wie versteinert!«

Es war stets überraschend, wenn er kam. Mutter flüsterte uns zu, dass er sicher wieder etwas wollte. Es ging ihm darum, im Leben Ordnung zu halten, und gewisse Rituale waren ihm anscheinend dabei hilfreich.

»Kommt, wir machen ein Foto«, sagte er. Und wir hatten uns vor Christbaum oder Osterzweigen ins Bild zu stellen. Kaum war abgedrückt, war er schon wieder verschwunden.

»Er arbeitet«, zischte Mutter, sobald wir aus der Schule kamen. »Er schreibt.«

Und wenn er nur nachdachte, stets hatte es totenstill zu sein. Wir waren wie Steine, reglos, tot.

Irgendwann begann Mutter zu klagen und zu kränkeln. Mein Bruder wurde Facharzt für innere Medizin und nahm sie zu einem Psychiater mit. Ihr wurden Antidepressiva verordnet; sie schluckte Tranquilizer der Gruppe Valium und wurde alkohol- und tablettensüchtig.

Mutter zog aus.

Erst sah es nach Freiheit und Befreiung aus. Mutter wurde selbständig, traf sich mit Freundinnen, legte dort, wo sie wohnte, im Hinterhof Beete mit Schneerosen an. Irgendwann schlug es um, und sie begann, sich nach Vater zu sehnen. Sie machte sich Sorgen um ihn. Und obwohl sie ihn hasste – das hatte sie uns unsere ganze Kindheit hindurch gesagt – wurde sie von Bediensteten des mobilen Hilfswerks in ihrem eigenen Dreck in einer verwahrlosten Wohnung tot aufgefunden. Und mit letzter Kraft hatte sie ihm vor ihrem Ende auf den Anrufbeantworter gesprochen, dass ihr Leben, ohne für ihn da sein zu können, leer sei und dass sie ihn unendlich geliebt habe.

»Eine tragische Story«, murmelte Emilia und sog den letzten Rest ihres Mai Tais mit dem Strohhalm auf.

»Vielleicht kann ich daraus einen Aufhänger für eine Fernsehshow machen«, rettete ich uns über die traurige Stimmung hinweg.

Erdals Frau war gegangen. Ich war froh, hätte sonst spürbar ihn und Johanna um mich gehabt. Emilia erzählte von ihrer Kindheit. Sie sei, sobald sie von der Schule heimgekommen sei, von ihrem Stiefvater verdroschen worden.

Ihre Schwester dagegen sei das Liebkind, die Prinzessin gewesen.

Überall Tragödien, schrieb ich von einem Internetcafé aus an meinen vergessenen Freund. Leo war nicht mehr mein Freund; das war Tom. Und Tom gab es auch nicht mehr. Ich wechselte Männer wie andere Frauen ihre Tampons oder Slips.

Das war sicher nicht hygienisch.

Aus psychologischer Sicht konnte ich mir noch immer nicht erklären, weshalb ich den Vatermord gestanden hatte. Wenn es hysterisch motiviert gewesen war, sich also nicht um eine Psychose handelte, bedeutete es vielleicht, dass etwas anderes dahinter steckte. Frei nach Freud ein verborgener Triebwunsch. Vielleicht gar ein inzestuöser verborgener Triebwunsch, argwöhnte die Psychologin in mir. Ich sah sie als verknöchertes altes Fräulein mit Haarknoten, in unattraktiver Kleidung und bis zum Knöchel geschnürten Schuhen. Ich vertrieb die Vision, hatte zuviel getrunken, rief, nachdem ich mich von Emilia verabschiedet hatte, in Istanbul an. Ich wollte erfahren, was mein Kind schon alles konnte, war gespannt, ob Johanna gar ein wenig Türkisch sprach (mit kaum sechs Monaten wohl eher unwahrscheinlich).

Erdals Mutter erklärte mir auf Deutsch, dass die Kleine krank, und Erdal augenblicklich mit ihr in der Kinderklinik sei. Ich erstarrte; das Handy wurde kalt in meiner Hand. Ich begann, flach zu atmen, war schlagartig ernüchtert. Aus Erdals Mutter war nichts Näheres herauszubekommen. Ich bemerkte an ihrer Stimme, dass sie es furchtbar von mir fand, mich so lange nicht zu melden. Mir fiel nichts Besseres ein, als Leo anzurufen und ihn zu fragen, ob ich bei ihm schlafen könne. Er willigte ein. Eigentlich hätte er mich nie wieder bei sich aufnehmen dürfen. Er glaubte mir, als ich angab, in den vergangenen Wochen wegen meines kranken

Kindes in Istanbul gewesen zu sein. Er fand es sogar rührend. Er fickte mich sanft und zurückhaltend.

Bisweilen kam eine diebische Freude in mir auf, so, als ob Vater meine Lungenflügel mit seinem heißen Atem umhüllte. Es stach und brannte in meinen Schultern und bis hinüber zur Brust. Ich meinte, die Umrisse meines Herzens zu spüren, als wären sie mit dem Lötkolben eingraviert. Ich wünschte mir in solchen Augenblicken jemanden, der sein Köpfchen bei mir angeschmiegt, mich gewärmt und geliebt hätte.

Leo verabschiedete mich, nachdem ich ihm alles gestanden hatte. Ich war mir sicher, er würde es bald verarbeitet haben. Er war Zeitungsredakteur und ursprünglich Volksschullehrer. Gern verglich er sich mit Wittgenstein, der Volksschüler unterrichtet und einen halb tot geohrfeigt haben soll.

Leo hatte aus psychischen Gründen den Schuldienst quittiert.

Mein Vater war Deutschlehrer gewesen und hatte als einziger von allen Pädagogen den ganzen Tag bis zum Abend im Schulgebäude verbracht. Wenn er Schularbeiten korrigierte, hatte es totenstill zu sein, wie auch während des Schreibens. Vater gab sich den Anstrich höchster Wichtigkeit und Dringlichkeit und hatte die Fähigkeit, wie jemand aufzutreten, dessen Tun für die Nachwelt unentbehrlich war. Wenn Mutter Bedürfnisse äußerte, oder einer von uns krank war, konnte Vater auf Grund der Hochspannung, unter der er stand, keine Rücksicht nehmen.

Manchmal nahm er uns auf Bergwanderungen mit und ließ uns in Schneegestöbern und Gewittern zurück. Wenn Vater einem von uns zu spüren gab, dass ihm etwas, ein Wort, ein Blick, eine Haltung missfallen habe, breitete sich sein Hass in der ganzen Umgebung aus. Es war ein alles beherrschender und kompromissloser Hass, der sich nur durch absolute Unterwerfung mildern ließ. Mein Bruder schaffte es immer wieder, Vater zurückzugewinnen.

Wo immer wir hinkamen, begann mein Bruder Steine zu sammeln.

Es war seine Art, sich mit Vater zu verständigen, ihm, statt einer Geste, eines Wortes, einen Stein zu geben. Vater ordnete ihn mineralogisch zu oder legte ihn wortlos beiseite. Unser Bruder hatte ein ausdrucksloses Gesicht, wenn er unserem Vater Mineralien übergab.

Der elende Tod unserer Mutter war für ihn ein Schock. Er zog sich zurück, vernachlässigte seine Familie, gab sich nur noch seiner Arbeit hin und wurde Vater immer ähnlicher. Der Bruder, so wollte ich das nächste Mal zu Emilia sagen, hatte die Kälte unseres Vaters ausgleichen wollen. Er hatte den Ersatzmann unserer Mutter gespielt. Aus psychologischer Sicht war es Missbrauch von ihrer Seite an ihm, wenn sie ihn als Knaben immer beiseite nahm und ihm ihren ungestillten Hass auf ihren Gatten einfüllte.

In dem Kind keimte freilich die Vorstellung, seine Mutter vor diesem Scheusal retten zu müssen und am Ende selbst der glorreiche Held zu sein, der sie den Klauen des Untieres entrissen hatte. Es muss ihn zermürbt haben, sie immer wieder, nachdem er sie mühsam aufgerichtet, mit aufmunternden Worten verwöhnt und liebkost hatte, zu ihm zurückkehren zu sehen. Bis kurz vor ihrem Tod hatte er die Hoffnung nicht aufgegeben, sie könne sich endgültig befreien.

17

Nach einer Woche begegnete mir Tom auf dem kriminalpolizeilichen Revier. Ich wollte wortlos an ihm vorbeigehen, mit dem Kripobeamten sprechen. Ich war bei Emilia gewesen, und mich interessierte das besagte Manuskript, das sie auf Vaters Schreibtisch gefunden und beschlagnahmt hatten. Meinen Bruder hatte man noch nicht erreicht, und meine Schwester war in Florida. Jetzt war die Zeit gekommen; ich spielte die entscheidende Rolle in Vaters Leben, selbst wenn er es nicht wusste. Irgendwie bestätigte mich dieses Gefühl. Ich war jahrelang wie eine abgebrochene Tonscherbe gewesen, und jeder, der dazu Lust verspürt hatte, nahm mich und klebte mich in sein Konzept.

Tom fragte: »Wo warst du? Anton, mein Schwager, konnte keine Auskunft geben. Ich hoffe, du hast Verständnis für seine Situation. Seitdem meine Schwester sich von ihm getrennt hat, erscheint er mir etwas retardiert.«

Retardiert zu sein bedeutet soviel wie geistig zurückgeblieben zu sein, wusste ich aus dem Psychologiestudium. Es gab erwachsene Retardierte mit der geistigen Verfassung von Vorschülern. Tom wollte mich zurückhalten, er ließ meinen Arm nicht los. Er fürchtete wohl, dass ich ein drittes Mal den Vatermord zu Protokoll gab. Ich machte mich von ihm los, ohne ihm etwas zu erklären.

»Sehen wir uns – danach – in der Kantine?«, schlug er vor.

Er schien davon auszugehen, dass ich derzeit nicht ganz zurechnungsfähig war. Er fand es nicht entscheidend, ob ich den Vatermord gestand oder nicht, er wollte aber die Verbindung halten, denn stabile Beziehungen sind bei beginnenden Schizophrenien essentiell.

Der Polizeibeamte, den ich nur dem Aussehen und nicht dem Namen nach kannte, war nicht da und wurde von einem beträchtlich jüngeren Kollegen vertreten. Der Typ sah äußerst gut aus und grinste überlegen, als wüsste er, dass er gegenüber anderen Männern im Vorteil lag. Ich ließ mich auf einem Stuhl nieder. Ich musste ihm meine Identität und die Angelegenheit, in der ich herkam, erklären, ehe er sich mir zuwandte. Erst nachdem ich erwähnt hatte, unter Mordverdacht gestanden zu sein, verließ er die lässige Sitzhaltung und rückte näher an seinen Schreibtisch heran. Er legte beide Unterarme auf und sah mich erwartungsvoll an.

»Ihr Mordgeständnis ist damit hinfällig?«, vergewisserte er sich und schien zutiefst erleichtert zu sein, mit keiner so anspruchsvollen Aufgabe wie einem Mordgeständnis betraut zu werden.

»Es war im Rahmen einer Trauerreaktion«, erklärte ich. »Das Verschwinden meines Vaters bedingte bei mir Schuldgefühle. In einer Überreaktion kam es dazu.«

Ein Kollege mittleren Alters hatte dem Jungkommissar eine Tasse Kaffee hingestellt. Der schien immer neugieriger zu werden. Während er umrührte, und Kaffee über den Tassenrand schwappte, sah er mich mit fassungsloser Miene an.

»Was wünschen Sie?«, fragte er schließlich.

Da gab ich eine versuchte Vergewaltigung zu Protokoll. Dann ging ich zu Tom in die Kantine. In Kurzform teilte ich ihm die Neuigkeiten mit. Er brach in Gelächter aus, nannte mich eine destruktive Persönlichkeit und entfernte sich. Emilia gab mir Recht. Man dürfe Männer nicht schonen, und wären sie noch so zurückgeblieben.

»Du könntest es wie dein Vater machen«, schlug sie vor, »und einen Roman unter dem Titel *Retardierte Männer* schreiben, oder«, sie gluckerte vor Lachen, *»Keine Gnade den Retardierten!«*

18

Wenn einer sich von mir entfernt, muss ich ihm nachlaufen. Ich muss ihn mir sichern. Irgendetwas treibt mich dazu, so, als wäre mir mit der Vertrautheit etwas gestohlen worden. Ich will es mir zurückholen.

Zunächst war Tom nicht erreichbar, bloß die Mailbox, eine Frauenstimme. Zwischen meinen Anrufen meldete sich immer wieder Emilia. Sie hatte keine gute Phase. Das Haschisch war aus, ihr Verlangen nach Zärtlichkeit unermesslich und die Leere in ihr schon grenzwertig suizidal. Obwohl ich ihr den vorübergehenden Hinauswurf wegen eines Mannes nicht verzeihen konnte, veranlasste mich die Dringlichkeit in ihrer Stimme, den Psychoanalytiker Zorn zu kontaktieren. Obwohl es ein Samstag war, meldete er sich in einer Niederlassung der Krankenkasse. Erst zögerte er und gab an, mit Patienten *zu* zu sein, so wie man sagt, *zu* zu sein, nachdem man zuviel Alkohol erwischt hat.

»Ich bin zu«, sagte Zorn. »Was macht Erdal?«

»Es geht ihm gut«, behauptete ich und schilderte ihm Emilia als *außergewöhnliche Essstörung*. Sie sei attraktiv, etwas fettsüchtig und mit seltsamen Allüren versehen. Auch eine gewisse Suchtpersönlichkeit könne ihr nicht abgesprochen werden, gelegentlich rauche sie Haschisch, was sich in das Bild einer Schauspielerin füge, das sie von sich habe. Dieses Selbstbild blockiere sie auf dem Weg zum Erfolg, und ihre in Kotzen gipfelnden Fressattacken machten es nicht besser. Ich vermutete einen massiven Vaterkonflikt, obwohl ihr Vater vor langer Zeit gestorben und durch einen gewalttätigen Stiefvater ersetzt worden sei. Durch die Misshandlungen des Stiefvaters habe sich das Bild des echten Vaters verklärt. Emilia stilisiere ihn und verehre ihn wie einen Götzen, von dem sie sich verabschieden müsse, um endlich erwachsen und frei für ein autonomes Leben zu sein.

Stolz auf meine einführenden Worte, die mir wie ein Verkaufsgespräch erschienen, brachte ich Emilia mit ihrem abgebrochenen Psychologiestudium, einer nicht angetretenen Theaterkarriere, zahllosen Ängsten, Visionen und Zwängen an den Mann.

Zorn fragte nicht lang und kaufte.

Sie solle sich montags im Therapiezentrum melden und ihn persönlich verlangen. Ich hatte erkannt, dass ihn der Umstand, es mit einer diplomierten Mimin zu tun zu haben, schließlich überzeugt hatte. Viele seiner Patienten waren langweilige Geschöpfe ohne Biographie. Emilia bewies bereits mit ihrer Ausbildung, dass sie fantasievoll und theatralisch war und damit bestens geeignet für die analytische Couch.

Ich sah sie, zum Weißclown geschminkt, mit Federboa und in einer futuristischen Silberjacke, Zorn in der ersten Stunde die standardisierte Vorstellung geben. Ich warnte ihn vor, sich durch ihr unmotiviertes Geflenne nicht abschrecken zu lassen.

Ich informierte sie telefonisch, alles in die Wege geleitet zu haben. Sie möge ihre Suizidgedanken vertagen und nächste Woche im Therapiezentrum vorsprechen.

Es befiel mich wie eine Infektionskrankheit, als sie mich auszufragen begann, was ich vorhätte, und ob wir nicht gemeinsam etwas unternehmen könnten. Ich wollte nicht ihren Sorgencontainer spielen und gab vor, Texte einzustudieren, zumal montags die Probeaufnahmen im Studio seien.

Als ich den Langohrigel, wie eine Ofenkartoffel in Alufolie gewickelt, aus dem Küchenfenster warf, fühlte ich mich schuldig. Nicht wegen gestohlener Kaugummipäckchen, nicht auf Grund eines entwendeten Stethoskopes und auch nicht, weil ich Emilia abgefertigt hatte. Ich hatte ein Strafverfahren gegen einen Menschen entfacht, der Tom nahestand. Ich wollte mich ablenken und las in einem Roman meines Vaters. Doch es war einer jener Tage, an denen ich nur Vogelkacke und Insektenbeine in Buchstaben und Ziffern sah. Ich verstand nicht die Bedeutung der Worte. Plötzlich, ich war etwa vierzig Minuten benommen und nahezu reglos in Vaters abgewetztem weinroten Ohrensessel gehockt, der schrägwinklig zwischen Zimmertür und Schreibtisch stand, setzte ein Geräusch ein, als machte sich jemand an der Wohnungstür zu schaffen. Ich hörte das Klirren eines Schlüsselbundes und ein Wetzen und Knirschen wie von Lederschuhen.

Ich fühlte mich, ein verstaubtes Exemplar der *Geode* in der Hand, im Ohrensessel keineswegs sicher.

Hatte Vater eine Aufräumerin, die vielleicht von Zeit zu Zeit die Wohnung in Ordnung brachte? Oder war er es selbst? Hatte die Kriminalpolizei einen Schlüssel anfertigen lassen und brachte jemand Vaters ominöses Manuskript zurück? Ich schlich zur Tür. Durch den Spion war eine ältere Frau im Profil zu sehen. Sie stellte ihre Einkaufstaschen ab, legte in Papier gewickelte Blumen darauf und suchte auf allen vieren nach einem verlorenen Gegenstand, war auf einmal nicht mehr zu sehen und in den Bereich unterhalb des Spions eingetaucht. Sie richtete sich schnaufend auf und öffnete mit lehmfarbener Gesichtsfarbe die Nachbarswohnung. Kurz entschlossen hatte ich die Klinke hinuntergedrückt und war hinausgetreten. Die Frau erschrak. Die Einkaufstaschen fielen aus ihren Händen und landeten mit einem dumpfen und klirrenden Geräusch. Ich half ihr beim Einsammeln, sie wehrte mich mürrisch ab.

»Lassen Sie nur!«

Eine Essigflasche war in die Brüche gegangen. Die Frau heulte nun und jammerte, ließ sich neben den Scherben und der im Radius zunehmenden Essiglache nieder.

»Ein Unglück kommt selten allein«, jammerte sie. »Erst verliere ich bei einem Autounfall meine Tochter. Und jetzt das!«

Ich drückte ihr mein Beileid aus, beseitigte mit einem Lappen aus Vaters Wohnung Essig und Scherben, räumte den Einkauf in die Taschen und half der Frau auf die Beine. Sie roch aus dem Mund. Es war der Geruch von Leuten, die sich nicht sauberhalten können, ein Geruch nach Urin und Erde. Sie ließ mich kommentarlos gehen. Mein Plan, sie ins Vertrauen zu ziehen und Informationen über Vater zu bekommen, war nicht aufgegangen. Ratlos kehrte ich in Vaters Schreibzimmer zurück. Doch wieder sagten mir seine Buchstaben und Worte nichts, das mich weitergebracht hätte.

19

Am darauffolgenden Sonntag, ich hatte die Nacht im Ohrensessel in der verlassenen Wohnung verbracht, suchte ich Tom auf. Sein Schwager war glücklicherweise nicht da. Ich entschuldigte mich für die Anzeige, und dass ich es ohne sein Wissen getan hätte. Tom verzieh mir sehr rasch. Er verlangte freilich, dass ich die Anzeige zurückzöge. Schließlich sei in jener Nacht nichts geschehen. Anton habe sich bloß ein bisschen an mich geschmiegt, was angesichts seiner Situation, wo ihn seine Frau verlassen habe, naheliegend sei, die schwere Kindheit mitgedacht, undsoweiter.

Wir schliefen miteinander, nachdem er eine *Uprima* unter seiner Zunge aufgelöst hatte. Er trieb sich tief in mich, doch erschien mir sein Schwanz nur halb so groß im Umfang wie Leos, der es mir zuletzt gezeigt hatte. Ohne angeben zu können, woran es lag, konnte mich der Fick nicht ruhigstellen, bekam ich kaum noch Luft, doch nie genug. Ich stöhnte, schrie, verkrümmte mich in den unwürdigsten Stellungen, als wäre ich als Nutte neu in einem Bordell und wollte meine Qualitäten zeigen. Im Gefühl, einen Beweis erbracht zu haben, lag ich danach an seinem schnell pulsierenden Herzen, und fragte mich, womit man seinen Schweißgeruch vergleichen könnte. Er roch nach feuchtem Herbstlaub; wenn die Blätter schon längere Zeit auf dem Waldboden gelegen sind und langsam zu faulen beginnen.

In diesem Augenblick erlebte ich meine Abhängigkeit zu Männern so stark, dass ich es kaum aushalten konnte und Mordgedanken entwickelte. Ich deutete die Heftigkeit des Beischlafs mit Aggression, mit Hass, der sich befreite. Lieber hätte ich ihn totgeschlagen und seinen Körper in Streifen geschnitten, ihm die Haut abgezogen, die, hell und übersät von Sommersprossen, wie Leopardenfell aussah. Doch leckte ich ihn zwischen den Schulterblättern. Meine Zunge hätte ein Skalpell sein sollen. Ohne ihn endlich ermordet zu haben, konnte ich nicht befriedigt sein.

Er begab sich in die Badewanne.

»Meine Süße«, rief er. »Du bist ein gutes Mädchen.«

Seine Stimme war hell und hoch. Ich kannte sie in allen Tonlagen. Sobald ich *fordernd* wurde, oder was er darunter verstand, war sie um eine Oktave tiefer. Es hörte sich trocken und protokollarisch an, wenn er zu mir sprach, und stand im Gegensatz zum Singsang eines Verliebten.

»Ich komme!«, versprach ich ihm, der mehrmals ungeduldig nach mir rief. Er saß in der Wanne, hatte seine Brille abgenommen. Nun konnte ich mir erlauben, trotz Beleuchtung nackt zu sein, er würde wegen seiner Sehschwäche die Schwangerschaftsstreifen nicht bemerken.

Ob Johanna krank war? Was hatte sie? Die Gedanken gingen im Badeschaum unter.

Er berichtete mir, auf welche spezielle Weise der *Hamam*-Meister in dem Luxushotel ihn massiert, eingeschäumt und ihm am Ende der Behandlung mit einem Handtuch Luft zugefächert habe. Er kündigte scherzhaft an, eines Tages Bademeister oder Hausmeister zu werden. Wir lachten. Meine Stimmlage war hoch. Der Hass war erstickt. Ich hatte ihn hinterrücks erdrosselt und Tom der Wahrheit vorgezogen.

»Ich denke, dass alle Frauen Mordgedanken haben«, sagte ich telefonisch zu Zorn, da ich nicht wusste, wem ich mich sonst anvertrauen sollte. Mir schien fast, als hätte ich Emilia als Vorwand gebraucht und Zorn eigentlich um Therapie für mich selbst angesprochen. Auch er schien in diese Richtung zu denken und lenkte ein, dass es ihm angesichts eines therapeutischen Bündnisses mit einer Freundin von mir nicht möglich sei, sich meine Sorgen anzuhören. Das Gesetz der Psychoanalyse verlange, jeden Kontakt zum sozialen Umkreis von Klienten zu meiden. Enttäuscht ließ ich mir einen Kollegen namens Wurm empfehlen. Als das Gespräch zu Ende war, entflammte mein Hass auf Emilia von neuem. Sie hatte mir die Chance genommen, selbst zu Zorn zu gehen. Schließlich verspürte ich Hass auf mich selbst und begab mich ins Schlafzimmer.

»Da bist du ja, Liebste«, rief der Polizeipsychologe, als er mich auf seinem Bett fand. Er wirkte zufrieden. Weder erschien ich ihm augenblicklich psychotisch noch mangelte es an subtiler Erotik. Seinen Schwager hatte er ins Exil eines psychologisch betreuten Männerwohnheims geschickt, zumal jener es in den eigenen vier Wänden nicht aushielt. Die Welt war in Ordnung.

Montags zog ich persönlich die Anzeige zurück und erhielt von dem ersten Kriminalisten das ominöse Manuskript.

Danach begab ich mich wie nach einem Millionencoup zum Fernsehzentrum. Ich fuhr mit der U-Bahn nach Hitzing, schlenderte am Schönbrunner Schlosspark entlang und stellte fest, wie gleichmäßig meine Gedanken liefen. Ich konnte mit ihnen Schritt halten. Es war ein beinahe ungewohntes Bewusstsein, perfekt zu funktionieren, zu wissen, wohin, und was zu tun war, mir sicher zu sein. Kein Gedanke an Vater. Kein Gedanke an Istanbul. Mein Auftrag war *Unterhaltung*.

Im Redaktionsbüro sollte ich Themen vorschlagen. Ich sollte kreativ sein und frei assoziieren. Der Intendant gab mir einen Vertrauensvorschuss.

»Wir könnten in der Sendung nach verschwundenen Personen suchen«, sagte ich.

»Gab es schon«, entgegnete er.

Schlagartig war ich wie eine von den Fäden geschnittene Marionette, ohne Zugehörigkeit, grenzenlos, gehäutet, vogelfrei. Ich fühlte mich unsichtbar und wie ein Nichts, eine Rauchschwade. Ich sah mich vor Vaters Tür in der Diele hocken. Er blieb eingeschlossen, während ich mich an seine Tür schmiegte. Sich an eine verschlossene Tür zu schmiegen war aus logischer Sicht so gut, wie sich an einen Mann zu schmiegen, da beide nicht aufgingen.

Als wäre ich Emilia, brach ich in Tränen aus.

Die Fernsehleute zeigten Verständnis. Ich möge mir alles in Ruhe überlegen und anrufen, wenn ich so weit sei. Indessen wurde die bleiche Blondine mit dem Kindergesicht als Moderatorin vorgezogen. Auf dem Weg zu Vaters Wohnung fühlte ich, dass ich die nicht enden wollende Kette erbarmungslosen Verrats an mir selbst nur unterbrechen konnte, wenn ich mich eines Tages in eine schwarze Witwe verwandelte. Mich hatte bereits als junges Mädchen fasziniert gehabt, wie diese Spinnentiere die sexuelle Verschmelzung im Augenblick ihres Höhepunktes konservieren, indem sie den Geliebten vergiften und aussaugen. Ich wollte mir das Innere eines Mannes aneignen und damit meine eigene Leere vertreiben. Erst dann wäre ich befreit.

Nachdem ich zu Zorn nicht Kontakt halten durfte, und dieser Wurm keine Option für mich war, wandte ich mich an das potentielle Opfer meiner neurotischen Mordfantasien. Der Polizeipsychologe hatte jedoch die Mailbox eingeschaltet, und verzweifelt sprach ich ihm darauf, von furchtbaren Visionen heimgesucht zu werden.

Mein Vater war ein Gespenst.

Ich kam in eine immer hektischere Stimmung und meinte, wie im Falle einer echten Psychose, Stimmen zu hören, die mir aus meinem Inneren Befehle erteilten. Eine Stimme gebot mir, in den Hof zu gehen und nach dem Langohrigel zu suchen. Ich müsste mich hinknien und blind mit den Lippen den Boden nach ihm abtasten. Den staubigen Hof küssen wie Vaters Haut. Der Hof, so die Stimme, sei Vaters Körper, eine Landkarte mit Fährten zu ihm hin, die ich mit meinen Geschmacksknospen zu erkunden hätte. Ich müsste den Langohrigel in Vaters Küche, in seinen Kochtöpfen, für ihn zubereiten und gemeinsam mit Vater verzehren.

Der Gedanke setzte sich fort, und eine Stimme befahl mir, noch anderes mit dem Langohrigel anzustellen. Es waren die abscheulichsten Bilder, die man sich denken kann. Sie verlangten mir alles ab, doch befreiten sie mich von rasenden Mordgedanken. Sie rochen nach Erlösung von einem Fluch. Sie erschienen wie eine Verheißung. Schneller und immer schneller hastete ich dahin.

Ich sah im Augenwinkel Menschen, wie rollende Kleiderpuppen, hörte einen Fluss rauschen, Stimmen wie knisternde Papiertüten, *Let's spend the night together* aus einem stehenden Auto, erfasste auf dem Naschmarkt mit Obstkisten beladene Gestalten, Reste eines Trödelmarktes, Papierkartons, fliegende Zeitungsfetzen, und die Mordgedanken holten mich immer wieder ein und hielten mich in einem Netz gefangen. Ich malte mir aus, das Innere der Menschen hervorzuholen. Ich stach ihnen die Augen aus und holte sie mit den Fingern aus den Höhlungen hervor, steckte sie ihnen wie Weintrauben in den Mund.

Meine Gewaltfantasien fanden keine Ende.

Ich verlor den Bezug zu mir selbst und zur Außenwelt. Nur ein Mord könnte mich beruhigen, verhieß mir eine dröhnende Stimme, wovon mein Brustkorb schwoll. Schizophrene haben keinen Sinn für ihr Körperschema. Sie kaufen sich beispielsweise winzige Fäustlinge oder unerhört große Pullover. Sie schwanken zwischen Begeisterung und Kummer, Manie und Depression, ihre Gedanken schwirren wie Konfetti durch die Luft, vernebeln die Sicht und sind nicht einzuholen, nicht zu bremsen. Irgendwann blieb ich erschöpft auf der Strecke; mit pochenden Schläfen, es kochte und brüllte in mir. Ich wollte Vaters Tür aufbrechen, auf ihn einstechen mit scharfen Messern, ihn von allen Seiten durchbohren, während er dasaß wie ein Toter und schrieb. Ich wollte ihn aufbrechen und spalten wie eine Geode, um ihn zu öffnen und in sein Inneres zu sehen.

20

»Mit jemandem zu schlafen, ist so gut wie sich zu erdolchen«, sagte ich zu Tom.

»Das hört sich nicht gut an«, erwiderte er.

Wir saßen in einem südindischen Restaurant nahe der Argentinierstraße, irgendwo auf dem Weg zwischen Südbahnhof und Belvedere. Ich hatte einen vegetarischen Teller mit verschiedenen Saucen vor mir und ein Glas *Mango Lassi*. Tom schien zu überlegen, welcher Therapie er mich diesmal zuführen könnte. Er hatte die spontane und unvernünftige Idee, ich solle einen Stein opfern, um dem inneren Götzen, als den er meinen Vater sah, Genugtuung zu verschaffen.

»Eine rituelle Opferung könnte deinen neurotischen Konflikt auflösen«, urteilte Tom. »Bisher warst *du* in der Opferrolle. Ähnlich wie deine Mutter, bist du dir selbst im Weg gestanden, hast dir den Zugang zu Karriere und privatem Glück versperrt.«

»Ich weiß«, sagte ich. »Doch es zu wissen, bringt nichts.«

Um meine These zu erhärten, brachte ich das Beispiel meiner Freundin.

Emilia wisse auch, wodurch ihre Problematik entstanden sei, und dass es einen Konflikt mit ihrem Vater*bild* gebe; nicht mit dem wirklichen Vater, der längst tot sei. Auch ich wüsste, dass ich meinen Vater nicht zu fürchten brauchte. Und dennoch sei alles von ihm *imprägniert*.

»Ich könnte zu Wurm gehen«, sprach ich meinen Gedanken aus. »Er ist Analytiker.«

Tom war gegen die Psychoanalyse eingestellt. Er bezeichnete es als *unökonomisches Langzeitverfahren ohne Anfang und Ende*. Die Analyse sei uferlos, und die meisten Analytiker seien Exzentriker, in sich selbst verliebt und eitel.

»Wenn du unbedingt möchtest, versuch es mit diesem Wurm!«

Ich winkte ab. Die südindische Küche gab mir Auftrieb. Ich ging auf die Toilette des Restaurants und rief in Istanbul an. Diesmal meldete sich Erdal.

»Wo bist? Kommst du?«, fragte er.

Ich erwähnte den neuen Job, den ich noch nicht angetreten hätte, und der die Chance meines Lebens sei. Erdal kannte mein Bedürfnis, im Blickpunkt des öffentlichen Interesses zu stehen. Ich fragte nach Johanna. Er sagte, es gehe ihr gut, sie habe nach einer Lungenentzündung Antibiotika bekommen.

Das Wort *Lungenentzündung* verhalf mir schlagartig zu mehr Realitätssinn. Augenblicklich katapultierte es mich aus dem Sandkasten meiner Mordfantasien. Es war von Anfang an die Wirkung des Kindes auf mich gewesen, das Leben als etwas zu empfinden, das mit Pflicht besetzt war. Eine Mutter hat pflichtbewusst zu sein. Ohne das Kind als Aufpasser war ich verloren.

Gewandelt kehrte ich an den Tisch zurück. Tom hatte mir eine Kapsel Valium hingeschoben, die ich nicht mehr brauchte. Wir zahlten und fuhren zu einem Kollegen von Tom.

Wir nahmen in einem mit orientalischem Plunder vollgestopften Wartezimmer Platz. An einer Tür klebte ein Zettel mit von Kinderhand gemalter Aufschrift *Ordination*.

Durch die Tür drang ein Stimmengemisch.

Es waren die Stimmen von Erich Floh, eines systemischen Familientherapeuten, und mehreren Patienten. Floh machte seinem Namen Ehre und war ungemein winzig und flink. Um es zu kompensieren, nahm er mit überdimensionierten klobigen Möbeln und riesigen Ölgemälden umso mehr Raum in Anspruch. Er hüpfte uns durch den Türrahmen entgegen und bat uns hinein. Wir versanken in weichen Polstermöbeln, und Floh, der aus seinem Sessel kaum hervorguckte, konnte sich einen ersten Eindruck von mir machen.

Dann ließ uns Tom allein.

Von draußen schien durch ein Fenster der Mond herein.

Floh pflegte nächtliche Termine zu vergeben. Tagsüber versorgte er seine *extramuralen* Patienten, die außerhalb von Anstaltsmauern lebten. Floh besuchte sie zuhause, verabreichte ihnen Depotinjektionen, prüfte die Medikamenteneinnahme, beriet sich mit ihren Angehörigen. Ein Nachteil war, dass alle Augenblicke sein Handy läutete, da er rund um die Uhr in Bereitschaft für seine Schützlinge war. Ich hörte, wie er einer Anruferin mit einer Panikattacke riet, ein angstlösendes Medikament höher zu dosieren und ihn später nochmals anzurufen. Gleich darauf erhielt er den Auftrag, nach Thailand zu fliegen und von dort einen Urlauber abzuholen, der in einem Ferienclub psychotisch geworden war.

Solch überraschende Kurztrips würzten seinen Alltag, gab Floh vergnügt zu verstehen und verschränkte die Arme mit einem Ausdruck von Neugierde vor der Brust. Als Mitglied eines *Arbeitskreises für Missbrauchsopfer* zog er mir gegenüber das Duzen dem Siezen vor.

»Wie hoch ist dein momentaner Leidensdruck, Sarah?«

Ich kannte die Skala für den Leidensdruck und nannte die Ziffer siebzehn bei zehn möglichen Einheiten.

Die folgenden Wochen brachte ich damit zu, regelmäßig zu Floh zu gehen. Und ihm in knappen Worten die aktuelle Problematik anzudeuten. Naturgemäß war von Vaters Verschwinden, Schuldgefühlen und dem Bewusstsein, Vater sei eine leblose Attrappe gewesen, die Rede, ferner von Erdal und Johanna. Floh stellte sein Handy auf *Lautlos*, ehe er zwecks einer *neurologischen Entkoppelung* mit seiner winzigen Hand bei weggespreiztem Zeige- und Mittelfinger vor meinem Gesicht pendelte. Ich hatte ein Buch über das Therapieverfahren bei ihm entdeckt und war auf eine Stelle gestoßen, an der ein Fall von Erblindung berichtet wurde, zumal die *rapid eye movements*, die dem Verfahren seinen Namen gaben, nicht für jedermann verträglich seien. Wir stiegen auf rhythmisches Klopfen um. Floh klopfte abwechselnd auf meine beiden Oberschenkel und ließ mich nicht aus den Augen. Ich war angehalten, mich auf die schrecklichste Situation meines Lebens einzulassen. Zuvor hatte er mich ersucht, mir eine positive Szene vorzustellen, wohin ich mich aus der schrecklichen flüchten konnte.

Sooft Floh mit Klopfen aussetzte, schlug ich die Augen auf und verließ Vaters Bett. Bisweilen steckte Flohs Frau den Kopf zur Tür herein und rief ihn, oder sein Handy vibrierte so lange, bis er zu klopfen aufhörte. Floh versicherte mir, innerhalb kürzester Zeit Erfolge zu erzielen, wie andere nach jahrelanger Analyse nicht.

II

I

»*Die Geode*«, sagte ich zu Tom, der mich in der Garderobe des Fernsehzentrums besuchte, »war der erste Roman meines Vaters. Ich kenne ihn nicht, habe ihn aber seit seinem Verschwinden immer bei mir.«

»Was kümmert dich kurz vor deinem Auftritt die Arbeit deines Vaters«, kritisierte Tom.

Er war nervöser als ich.

Ich saß vor dem Schminktisch und fand mich in einem Wandspiegel verdreifacht. Neben mir machte sich ein schnurrbärtiger Mann mit dem Aussehen eines französischen Modeschöpfers an der blonden Kindfrau zu schaffen. Sie umarmte und küsste ihn mit der Hysterie einer Schauspielerin.

Die vergangenen Wochen hatten wir geprobt, und der Intendant hatte sich entschlossen, uns beide zu engagieren. Das Besondere gegenüber ähnlichen Unterhaltungsangeboten, die nach ihrem Moderator benannt wurden, sollte die Dynamik zwischen Annette und Sarah sein.

»Ich will euch im Doppelpack«, sagte der Intendant. »Ihr seid völlig gegensätzlich, und das erzeugt jede Menge Spannung.«

Man munkelte im Sender, er habe die Blonde bereits getestet. Ich war nicht sein Typ, da ich ein *Arsch-*, kein *Busentyp* bin. Annette war klein und hatte überdimensionale

Brüste. Mich als Comoderatorin zu akzeptieren, hatte ihn gewiss Überwindung gekostet.

Auf dem Garderobentisch lag ein Portrait von Erdal mit Johanna. Er hielt sich in einem selbstauslösenden Fotoautomaten den Säugling vors Gesicht. Johannas Kopf verdeckte ihn über die Hälfte. Man sah nur eine dunkle Kotelette und den schmalen Rand seines Unterkiefers sowie ein halbes Auge. Es sah aus, als würde das Baby in die Kamera springen. Das Foto war aus dem Spiegelrahmen gerutscht. Ich wollte es wieder befestigen, da legten sich Hände um meinen Hals.

»Alles wie besprochen«, sagte die Visagistin. Im Profil war sie schön, so wie ich mir als Kind eine Prinzessin vorgestellt hatte. Von vorne betrachtet, war sie jedoch ausgelaugt, obwohl immer noch ansprechend genug, jederzeit einen Mann für ein Mal zu haben.

Aus dem Augenwinkel sah ich, wie Annette sich in Marylin verwandelte. Ich begriff nicht, wie sie den Maskenbildner umarmen und küssen konnte. Vermutlich weil sie aus Deutschland war und hier wenig Bekannte hatte. Wahrscheinlich holte sie sich soviel Zuwendung, wie sie kriegen konnte. Ich blickte abwechselnd auf den Yorkshireterrier des Maskenbildners, der zwischen Annettes ausgestreckten Beinen lag, und Tom, der sich in der Nähe des Ausgangs aufhielt.

»Komm!«, flehte ich ich ihn an. »Halte meine Hand!«

Ich bat ihn, meinen Puls zu fühlen.

Annette und Sarah begann mit einem Trailer. Man sah uns in Posen. Annette wie Marylin mit hochgewirbeltem Kleid, als Domina in Leder und Strapsen, als Girlie mit Schulranzen, Achterbahn fahrend. Mich in einem Hosenanzug von Gucci durch eine Geschäftsstraße schlendernd, in Bademode in einer Hängematte, in Jeans auf einem mechanischen Bullen, und in einem Minirock auf einer Kaufhausrolltreppe. Man sah uns ruhig und in Bewegung. Mittels Computeranimation gelang es, uns ineinander zu verwandeln. Annettes Gesicht ging blitzschnell in meine Züge über, bis aus ihr ich geworden war. Jede Szene dauerte nur einen Augenblick. Der Trailer brauchte insgesamt knapp zwei Minuten.

»Willst du Vaters Buch lesen?«, fragte ich Tom und deutete unter dem Frisiertuch hervor auf meinen Rucksack.

»Sei ganz ruhig«, sagte Tom, »es wird alles gut gehen.«

Die Zuschauer waren ersucht worden, kurz vor Einsetzen des Rotlichtes wie verrückt zu trampeln und zu applaudieren. Es waren zwanzig Leute im Saal; die hinteren Ränge waren von Pappfiguren besetzt, was in der Fernsehübertragung durch die raffinierte Beleuchtung nicht zu sehen war. Annette war trotz hellen Make-ups hochrot, als sie die Garderobe verließ. Wir hatten uns bei den Proben nicht besonders gut verstanden; dennoch kniff sie mich in den Oberarm, wie um mir Glück zu wünschen. Der Maskenbildner hatte sie den Terrier küssen lassen. Tom begab sich ins Publikum. Ich bat die Studioassistentin, noch in der Garderobe bleiben zu dürfen. Ich befestigte Erdals und Johannas Portrait am Spiegelrahmen und summte in hohen, mittleren und tiefen Tonlagen. Beim Stimmtraining hatte ich von der beruhigenden Wirkung von Summtönen gehört.

Erst kam Annettes Part. Dann ein eingespieltes Interview mit einem jungen Single, der eine Freundin suchte. Dann ich. Meine Aufgabe war es, den Single live zu begrüßen. Er befand sich im Publikum, war informiert und sollte sich über das Folgende überrascht zeigen.

Vier Tussies unterschiedlichen Aussehens, von Blond bis Schwarz, stellten sich vor, während er von einem Thron aus eine von ihnen für ein vom Fernsehsender gesponsertes Wochenende auswählte. Es gab inhaltliche Überschneidungen mit anderen Shows. Der Intendant setzte auf das Geheimnis des gegensätzlichen Moderatorinnen-Duos.

»Eure Gegensätze«, hatte er gesagt, »werden alle verzaubern.«

Die erste Show lief unter dem Arbeitstitel *Männer suchen Frauen*. Bereits eine Woche später, in *Frauen suchen Männer*, hatte ich Emilia untergebracht. Sie schickte allerdings voraus, die Show nur zu benutzen, um für die Bühne entdeckt zu werden, keineswegs aus Einsamkeit oder um tatsächlich jemanden zu finden.

Die erste Übertragung war ein voller Erfolg gewesen. Annette und ich fühlten uns daraufhin wie Schwestern. Mit ihrem Aussehen ließ sie an ein Kälbchen denken, auch ihre Wimpern waren hellblond. Ich hätte sie in der größten Endorphinausschüttung am liebsten an mich gezogen und geküsst. Tom schloss mich in die Arme. Zuhause verbrauchte er zwei Sublingualtabletten und nahm die stundenlange Mundtrockenheit in Kauf. Unaufhörlich flüsterte er: »*Meine Fernsehmoderatorin, meine geile Fernsehmoderatorin.*«

Den beiden Debütshows sollte eine Ausgabe mit anspruchsvollerem Inhalt folgen. Der Intendant war zunächst skeptisch, ob das seine Zielgruppe von Nachmittagsfernsehern nicht überforderte. Schließlich meinte er jedoch, dass es keinen Erfolg ohne Risiko gäbe, und wir an unserem Profil zu arbeiten hätten. Vielleicht bedeutete es eine Wende im europäischen Talkshowgeschäft.

Annette hatte kein Vertrauen in das Experiment und weigerte sich, bei dieser Ausgabe mitzuwirken. So fügte es sich, dass ich die dritte Ausgabe von *Annette und Sarah* solo moderierte.

Annette und ich wurden für eine Hochglanzillustrierte mit schrillem Styling fotografiert. Auf einer Couch im Hintergrund hatte sich Emilia eingefunden und wartete ungeduldig darauf, entdeckt zu werden.

Der Visagist aus der Türkei stritt lautstark mit dem australischen Art-Director um ein bestimmtes Styling. Der Hairstylist in einem knöchellangen Männerrock hatte grün lackierte Fingernägel. Er befestigte mittels einer Thermopinzette Haarsträhnen an meinem eigenen Haar. Der Art-Director hatte eine Liste für Outfit, Haarlänge, Beleuchtung und Ambiente erstellt. Der Fotograf Marc war aus Ohio eingeflogen worden. Seine Assistentinnen stammten aus Wien und hantierten eher halbherzig mit verschiedenen Kameramodellen und Objektiven. Ich verkörperte eine Business-Frau für die entsprechende Zielgruppe, das andere Mal einen Neo-Punk mit wild toupierter Mähne und diversen Accessoires, Ringen und Ketten.

Annette war bereits am Vortag am Set gewesen.

Der Intendant nahm mich um die Schulter und führte mich durch die Halle. Er meinte, dass wir von nun an meine erotische Wirkung gezielter einsetzen würden, und wirkte wie jemand, der mir Unrecht getan hatte. Ich vermutete, dass ihm der medial bekundete Erfolg und die hohen Einschaltquoten zu Kopf gestiegen waren.

Man merkte ihm Paarungsbereitschaft an.

Ich sah aus wie Lorelei in dunkler Version, als ich in einem hauchdünnen Sommerkleid auf dem Boden lag. Der Fotograf Marc befand sich hoch über mir auf einer Stehleiter und schürte meine Lust am Gesehenwerden durch Zurufe. »*Show me, show me!*«, feuerte er mich an.

Ich schürzte die Lippen, räkelte mich, zog die Stirn kraus, als würde ich nachdenken. Die Windmaschine sorgte für einen zusätzlichen Effekt. Zeitweilig verdeckte wallendes Haar mein Gesicht, was angeblich an Erotik nicht zu überbieten war. Ich war erleichtert, da der Intendant schon früher gegangen, und selbst Emilia nicht bis zum Ende geblieben war.

In Vaters Wohnung schüttelte ich die neue Haarpracht aus und blieb, als ich mit den Fingern hindurchfahren wollte, an den Schweißnähten hängen. Ich überlegte in Vaters Ohrensessel, ob ich in Istanbul anrufen sollte. Stattdessen beantwortete ich eine SMS und ließ mich zwanzig Minuten später von Tom abholen. Ihm waren schon wieder die Tabletten ausgegangen; wir unterhielten uns ohne Berührung beim Kaminfeuer.

»Du nimmst eine positive Entwicklung«, urteilte er. »Ich bin stolz auf dich, Sarah.«

Er faltete die Hände und starrte auf mich wie auf ein Produkt.

»Du hast dich stabilisiert. Du bist immer seltener impulsiv und affektlabil ...«

»Bitte sei kein Psychologe. Heute Abend nicht.«

»Aber wir können diesmal nicht ficken«, sagte er unpassend.

Ich frage mich, was in manchen Männer vorgeht, wenn sie davon ausgehen, dass Frauen nichts anderes wünschen als ...

»... ihren Penis!«, gluckerte Emilia ins Telefon, als ich ihr aus Toms Schlafzimmer über die Situation Bescheid und letzte Anweisungen für ihren bevorstehenden Auftritt gab.

»Lass deine schwarze Federboa zuhause«, riet ich ihr. »Schwarz und Weiß kommt nicht gut im Fernsehen. Du solltest etwas Gemustertes, aber nichts Enggestreiftes oder Kleinkariertes tragen.«

In der Show stellte ich Emilia als herausragende Schauspielerin vor. Zumal zwanzig Leute nicht viel hergaben, wurde aus dem Off zusätzlicher Applaus eingespielt. Emilia wirkte verändert. Sie saß bleich und geknickt auf dem Interviewsofa. Sie spähte in geduckter Haltung ängstlich um sich. Ich gewann den Eindruck, sie leide an einer Panikattacke. Ihre Antworten waren einsilbig. Mit wütender Verbissenheit gab sie vor, als Single ganz und gar glücklich zu sein. Wir hatten vereinbart, dass sie nach einem Mann suchen müsse. Das war überhaupt die Voraussetzung gewesen, um sie auftreten zu lassen. Und nun zerstörte sie es, indem sie einen Aufruf an Filmregisseure und Theaterintendanten richtete, sie zu engagieren. Als sie sich wieder gefasst hatte, wurde sie sich ihres Fehlverhaltens bewusst, schnappte wie ein Fisch nach Luft und verließ aufgelöst das Studio. Die vier für sie bestimmten Typen waren nicht mal bis zu ihrer Vorstellung gekommen.

Es gab Kritik an meiner Einladung Emilias, doch sie hielt sich in Grenzen. Emilia ließ nichts von sich hören. Ich stürzte mich in die Vorbereitung der allein gestalteten Show *Wenn Verwirrte verschwinden*.

Ich brachte Stunden an Vaters Schreibtisch zu. Tom spielte Chauffeur und holte mich ab. Seit ich Fernsehmoderatorin war, behandelte er mich nachgiebiger, mit mehr Respekt und schien mich nicht bloß heilen und gefügig halten zu wollen. Er fragte mich nach Emilia. Ich verwies ihn auf Zorn, dem sie nun gewiss ihr ganzes Leben ausbreitete.

»Sie ist undankbar«, urteilte ich. »Erst kommt sie durch mich in die Show. Und dann benimmt sie sich völlig abartig.«

»Nimmt Emilia Drogen?«

»Das soll sie dir selbst erzählen«

Tom war Polizeipsychologe, und man konnte nie wissen.

»Nimm mich in die Arme!«

Ich schmiegte mich fest an seinen Körper. In den Schweißgeruch eines Mannes einzutauchen, hatte beruhigende Wirkung. Ich fühlte mich wie an Mutters Brust. Milchgeruch. Johanna. Augenblicklich schüttelte es mich von Tränen. Tom hielt meinen Kopf. Er war eine *gute Mutter*.

»Willst du darüber sprechen?«, fragte er.

»Meinst du, dass es wirklich eine Wochenbettpsychose war, als ich die Mordgeständnisse ablegte …«

Er zuckte mit den Achseln. Mir war übel. Ich brauchte Zuspruch. Er sollte mir sagen, dass er mich liebte. Ich wollte es hören, in diesem Augenblick, und verlangte danach zu erfahren, wie groß und unermesslich seine Liebe war. Ich stellte absurde Fragen, so wie ich es immer bei Männern getan hatte.

»Wie sehr liebst du mich? Wie viele Schweine und Schweineborsten wiegen deine Liebe zu mir auf?«

Ich sah ihn an, mein Atem wurde schleppend, meine Hände gefühllos. Ein Kribbeln stieg mir durch die Arme auf. Im Hals war das Gefühl, mich an etwas verschluckt zu haben. Mir war entsetzlich heiß. Ich fühlte mich rückgratlos.

Er gab die falsche Antwort. Hatte von tausend Schweinen gesprochen, das war zu wenig. Ich ging. Durch die Nacht lief ich und wollte morden und brennen und leben. Je weiter ich mich vom Ursprung entfernte, umso freier fühlte ich mich. Doch war es eine unbarmherzige Freiheit, sie wühlte mich auf und jagte mich in die Gegenrichtung, zurück zu Tom. Als ich ihn im Türrahmen stehen sah, mit einem verständnisvollen Blick wie gegenüber einer Wahnsinnigen, lief ich davon.

2

»Während Vater sich einschloss«, sagte ich zu Tom, »konnten wir unser Zimmer nicht versperren. Nicht einmal die Toilette war zu verriegeln. Für Vater hatte die ganze Wohnung zugänglich zu sein. Er duldete es nicht, wenn man sich verschloss. Uns zu entziehen, stand uns nicht zu. Das durfte nur Vater. Nicht einmal Steine waren vor ihm sicher. Er bohrte Löcher hinein und machte sie zu Brunnensteinen.«

Tom half mir, indem er mir die Hand reichte, das steilste Stück Weges empor.

Wir hatten einen Waldweg zurückgelegt, vorbei an einem Klettergarten, wo in einer schrägen Felswand angeseilte

Menschen hingen. Allein der Anblick der steilen Wand jagte mir Angst ein.

»Neulich«, sagte ich, »wollte ich mir von einem Mann eine Münze leihen. Er guckte in sein Portemonnaie. Eine Tablette kam zum Vorschein. Er sagte, dass es eine Beruhigungstablette sei.«

»Eine Schneerose!«, rief Tom aus. »Wir könnten sie ausgraben. Sieh nach, ob jemand kommt.«

»Du bist gierig!«, sagte ich und stellte mich schützend vor die Stelle mit der Schneerose.

Er fasste mich hart am Handgelenk und blickte mir in die Augen. Ich konnte seinen Atem riechen und spürte warme Luft auf der Haut. Mir fiel ein Traum ein, und im selben Moment war ich von einer Erinnerung benommen. Und zugleich sagte Tom mit ungewohnt tiefer Stimme, sehr langsam, dass ich Acht geben solle.

Ich versuchte vergebens, mich loszumachen.

Er war herrisch und dominant wie fast alle Männer. Und die niedlichsten und zurückhaltendsten, alle sind sie im tiefsten Inneren wie mein Vater. Tom hatte sich noch anfangs die Mühe gemacht, es zu überspielen. Doch an seinen Blicken, an der Art, wie er mich ansah, den Kopf nach mir wandte, an manchen Reaktionen hatte ich es gleich bemerkt. Er liebte mich nur gegen meine Selbstaufgabe. Ich war mir dessen bewusst und spielte es bei Gelegenheit aus. Wie angeschossenes Wild bot ich ihm meinen Hals dar; im Stöhnen war ich unschlagbar. So brachte ich ihn doch immer wieder zum Schmelzen.

Es war zum ersten Mal im Leben, dass ich das Gefühl hatte, mir werde die Zeit gestohlen, wenn ich mich verstellte.

»I love you, Tom«, sagte ich berechnend.

Er ließ mich los und war nicht davon abzubringen, eine Schneerose auszugraben. Er hatte ein Messer dabei und stieß die Klinge rings um die Pflanze ins lockere Erdreich. Mit schmutzigen Händen fasste er auf der Anhöhe, unweit eines ungeregelten Bahnübergangs, an einer Friedhofsmauer nach mir. Und je größer mein Widerstand war, umso heftiger war sein Verlangen. Widerstand und Verlangen schaukeln sich gegenseitig hoch. Toms Behauptung, als wir uns kennen gelernt hatten, Sex sei nicht wichtig, war von diesem Moment an hinfällig.

»Komm schon, meine kleine Sarah«, stöhnte er, indem er mich entkleidete, »du machst mich geil.«

Es war wie eine Schuld, die ich auf mich zu nehmen hatte: Ich war verantwortlich für seine Lust. Ich hatte das Gefühl, ihn wie ein Musikinstrument zum Klingen, seine hochgradig gespannten Saiten zur Vibration zu bringen. Er war zunächst so reserviert erschienen, und jetzt ging er auf wie ein Feuerwerk.

Etwas kann man mir nicht vorwerfen: Ich wäre nicht feucht genug. Diese triefende Nässe entbarg nahezu all meine Geheimnisse. Welche Göttin der Lust wand ihren von Schlangen besetzten Kopf in meiner Möse?

Ich wusste nicht, wie ich es nennen sollte, sagte meist »unten«. Bloß mein Arsch war benannt. Bei ihm handelte es sich offenbar um etwas Männliches, dessen man sich nicht schämen musste. Das Ding vorne guckte verschämt hinter einem haarigen Dickicht hervor. Und sobald man es benannte, lief man Gefahr, obszön zu sein. Nicht umsonst heißt es *Scham*.

Als ob es diesen Eingang nicht geben dürfte, ließ ich mich liebend gern stopfen. Endlich hatte ich Tom so weit. Aus mit Tabletten, in der freien Natur lief es von selbst, und er und ich wurden mitgerissen von der Lust und davongewirbelt, himmelhoch.

Seit ich jedoch nach vielen Jahren wieder mit dem unerreichten Mann geschlafen hatte, konnte ich mit Tom nicht mehr glücklich sein. Diese Leidenschaft nahm mich gefangen, sie hatte mich für alle Zukunft verdorben. Es gelang ebensowenig, den unerreichten Mann wie einen Schleier über den Polizeipsychologen zu legen. Er war nur noch in dem Maß meine Freude, als er Laute von sich gab, die nach höchster Erregung klangen, Halbsätze stammelte und sich darüber vergaß.

Mir war klar, dass sich die Männer in *meiner* Lust ergingen. Und ein jeder fühlte sich als Zauberer, der unter geringstem Aufwand Wunder vollbrachte. Denn nicht Tom, sondern ich erglühte wie ein Feuerwerk. Und der Himmel erstrahlte wie von Leuchtraketen, die in ihrem Schein selbst die Sterne übertrafen.

Tom wischte mir mit der Hand übers verzerrte Gesicht. Ich wurde weich und flüssig unter seinem mich stoßenden Leib, und es gefiel ihm, von meinem kleinen Schmerz zu erfahren. Er machte weiter, bis seine Knie von den Pflastersteinen des Friedhofsweges wundgescheuert waren. Zusätzlich motivierte ihn sein Unbehagen wegen der Schneerose, und er war umso geiler, seit er erkannt hatte, meine Gedanken nicht lenken zu können. Sie waren überall und überall zugleich, sprangen wie *Gazellen* – so hatte er mich in der größten Lust genannt – umher, versprühten sich wie die Perlen jener Kette, die ich mit Mutter aufgefädelt hatte.

Als wäre ein Knoten in meinem Kopf, fühlte ich mich unbehaglich. Unten hatte sich alles in Schweiß und Sekret aufgelöst. Ich befreite mich und rückte auf dem Gesäß bis zur Friedhofsmauer. In der Möse spürte ich Gras. Tom hatte sich mir einige Male durch Impotenz entzogen und nicht daran gedacht, in meiner Hand zu wachsen, so sehr ich mich darum bemüht hatte. Ich dagegen hatte keine Möglichkeit.

Wir Frauen, so dachte ich, haben keinen Schlüssel zu uns. Nur Männer sind verschließbar. Mein Vater schloss sich ein. Mutter wäre das nie in den Sinn gekommen. Sie besaß keinen Schlüssel zu sich. Sie hatte nur ein Schloss, in das Vater eindrang, wann immer er wollte.

Toms Gesicht war zerknittert. Es gefiel ihm, an der frischen Luft so gut gewesen zu sein. Ich war zum Unding geworden, das er sich zwischen die Beine gezogen hatte. Was hätte ich sagen sollen? *Nein, ich will nicht?* Oder gar: *Hilfe?* Es war nicht der Fall, dass ich nicht gewollt hätte. Bloß hatte ich keine Lust. Ich wollte nicht mit Tom Vorlieb nehmen, zumal der unerreichte Mann wieder Gestalt angenommen hatte. Die Berührungen durch ihn waren noch lebendig. Ich lebte davon, atmete seinen Hautgeruch, Körpergeruch, Schweißgeruch, fühlte alles, wie es gewesen war. Ich hatte es geschehen lassen. Für ihn wäre ich jederzeit gestorben; so war es in mich eingraviert, wie Mutters Name in einen Grabstein.

»Wollen wir nachsehen?«

Er hatte sich mit dem vorzeitigen Ende abgefunden. Es war anscheinend nicht so wichtig, und ich hatte ihm Unrecht getan. Tom liebte mich und wollte nicht bloß Sex. Und dennoch erweckte er bei mir den Anschein, mich zur Abwehr seiner Trauer zu benötigen.

Wir umrundeten die kleine ländliche Kirche. Weit und breit kein lebender Mensch, nur Gräber, dicht aneinandergedrängt. Ich konnte Mutter nicht finden. Da rief Tom mich zu sich. Er hatte den Vorschlag gemacht, ihr Grab aufzusuchen.

»Es ist noch etwas offen.«

Es stach mich zwischen den Beinen, Gras hing in meinem Schamhaar, und mir war es peinlich, eine Frau zu sein, erwachsen zu sein, als ich am Grab stand. Nur Mutter hätte erwachsen sein dürfen, so war es mir vorgekommen, und als nähme sie es mir übel, dass auch ich –

»Soll ich dich allein lassen?«, fragte Tom. Er wartete keine Antwort ab, küsste mich und ging. Ich fühlte wieder, wie falsch es war, mit ihm zusammen zu sein. Vielleicht tat es manchmal gut. Wir scherzten viel, es war auch immer häufiger lustvoll gewesen. Aber er war es nicht, an den ich dachte, wenn ich zu ihm sagte: *Ich liebe dich, Tom.* Und ich sagte seinen Namen, um mir weh zu tun und mich dafür zu bestrafen, es nicht geschafft zu haben. Es war mir nicht gelungen, diesen Mann zu berauschen. Das Ziel war nicht erreicht. Ich hatte ihn *wie ist das schön* und *mein Gott* singen hören, und er war in meinem Mund gekommen. Ich hatte alles von ihm geschluckt. Sein Sperma und seine Ehe. Doch es war nicht genug.

Nun war ich vollends verwirrt und blickte auf Mutters Grabinschrift. In Gedanken hatte ich sie wohl tausendmal gesehen. Es tat gut, ihren Namen anzuschauen. Ich las ihn nicht, sondern schaute ihn an. Ich erkannte ihn mit einem Blick. Ich ging näher heran und berührte die Buchstaben. Hätte Tom nicht jederzeit auftauchen können, hätte ich die Gravur mit der Zungenspitze nachgeschrieben.

Der unerreichte Mann hatte mich geleckt. Beim letzten Mal vielleicht zwei Minuten, doch in der Erinnerung gab das Stoff. War er nur wertvoll, weil er sich sogleich entzogen hatte? Und konnte er nur so unglaublich gegenwärtig sein und war gespeichert in mir, die ihn wie eine Flüssigkeit aufgenommen hatte, weil er mich missachtete?

Die Gedanken rissen ab. Am Ende wusste ich nicht, vor wessen Grab ich stand und was ich hier machte. Wenn andere innerhalb ihrer Psyche auf den rettenden Vater, eine väterliche Instanz zurückgreifen, falle ich ins Nichts. Wäre Tom nicht hinter mir gestanden, hätte ich wieder einen hysterischen epileptischen Anfall produziert, nur weil ich es nicht aushalten konnte. Ich hielt dieses Leben nicht aus. Es köderte mich und fütterte mich mit Süßigkeiten, dann nahm es mir das Herz heraus und schleuderte es in eine Ecke.

Ich betrachtete Tom. Momentan erschien er mir zufrieden. Ich brauchte ihm jedoch nur die Wahrheit zu sagen: *Ich liebe dich nicht, Tom*, und die Welt wäre eingestürzt, das geplante Abendessen verworfen worden.

»Hast du Hunger?«

»Seltsam«, sagte ich lächelnd und fasste nach seiner Hand, »eben habe ich daran gedacht.«

Arm in Arm gingen wir denselben Weg hinunter. In seinem Garten setzte er bei Dämmerlicht die Schneerose ein und benannte sie nach seiner verstorbenen Frau.

»Die Tiefenpsychologie ist ein unendlich weites Feld«, sagte er im Haus beim Kamin. Nur wegen des Lichtes heizte er noch ein. Es flackerten Holzscheite auf kleiner Flamme. Ab und zu warf er zusammengeknülltes Papier in die Glut.

»Ich bin müde«, sagte ich. »Zu Erdal durfte ich nicht sagen, wenn ich müde war. Er bezog es sofort auf sich und reagierte beleidigt.«

»Gehst du zu ihm zurück?«, hätte Tom fragen können. Und ich hätte die Achseln gezuckt oder es überhört. Aber Tom war kein solcher Mensch, der Geister heraufbeschwor und der das Gras wachsen hörte. Er lebte von der Hand in den Mund.

»Was war mit dir auf dem Friedhof?«

Er spielte auf meine Empfindungen am Grab an oder war nach dem Abbruch unseres Ficks verstört. Fick. Schon wenn ich das Wort dachte, schrumpften meine Lippen, geschweige denn ich sprach es aus. Nun schauen Sie nicht so! Und denken Sie nicht schlecht über mich! Behaupten Sie bloß nicht, dieses Wort nicht zu kennen, und dass Ihr Sprachschatz frei davon wäre! Wie soll ich es ausdrücken: Koitus, Beischlaf, Geschlechtsverkehr?

Meine Jugendliebe war in diesen Dingen unnachgiebig; wir schlenderten auf Schullandwoche den Rilkeweg über

Triest entlang. Ich hatte von Geschlechtsverkehr gesprochen, als er mich zu dem Schwur genötigt hatte, nie mehr dieses Wort zu verwenden.

»Sag' nie mehr, bezogen auf uns, das Wort.«

Um ihn zu reizen, fragte ich prompt: »Welches Wort? *Geschlechtsverkehr?*«

Der unerreichte Geliebte machte kehrt wegen des Wortes, das ich nicht hätte sagen sollen. Es bereite ihm Schmerzen, sagte er. Er fürchtete, davon impotent zu werden. Ebenso riskieren manche Männer ihre Potenz, wenn sie eine Frau laut sprechen hören. Etwas lauter zu sprechen stand mir nicht zu. Ich durfte nur vor Lust schreien, wenn sie ihre glühenden Zauberstäbe in mich steckten.

»Musst du immer von anderen Männern sprechen«, beklagte sich Tom. Jetzt bemerkte ich, dass es kein Zeitungspapier, sondern handbeschriftete Zettel, womöglich Briefe, waren.

»Was verbrennst du da?«

»Nichts.«

»Was ist es?«

Ich versuchte, ihm ein Blatt zu entwenden. Er gab es nicht frei, spannte sich unter meinen Zugriffen an, wehrte mich ab. Ich sah den unerreichten Mann auf Vaters Hometrainer vor mir, den Mutter bei ihrem Umzug mitgenommen hatte. Mein Bruder hatte ihn ihr besorgt, damit sie fit blieb und möglichst lang lebte. Nach ihrem Tod war der Hometrainer zurück an Vater gegangen.

Tom verbrannte Liebesbriefe. Es waren sämtliche Briefe ihres Geliebten, den sie während der Ehe gehabt hatte.

»Willst du sie nicht lesen?«, fragte ich, »um sie noch besser kennen zu lernen.«

Tom brauste auf, dass er sie gewiss besser gekannt habe als dieser Typ. Jener hätte seine Frau bloß gevögelt. Mit ihm hatte sie jedoch ihr Leben geteilt.

Er zerknüllte einen Brief und warf ihn ins Feuer. Als ich mich näherte, meinte ich das Wort »Liebste« zu erkennen, ehe es versengt wurde.

In Tom, der eben noch weich gewesen war, steckte auf einmal ein steinerner Schmerz. Es war, als nähme er mir meine Berührungen und Koseworte nicht mehr ab. Sie dienten auch nur zu meiner eigenen Beruhigung. Sie geschahen nur, um nicht aufzustehen und Schlimmeres anzurichten, als es das Verbrennen von Liebesbriefen war. Von Briefen eines Mannes an eine Frau, die bedeutungslos geworden waren, denn es gab die Adressatin nicht mehr. Sie war verbrannt wie diese Briefe.

Toms Hände waren noch immer voll Erde. Ich begann ihn sauber zu lecken. Ich bin pervers, wenn mir nichts anderes einfällt. Schon das Wort Fick macht mich feucht. So einfältig bin ich. Und tun Sie nicht so, als hätten Sie Derartiges noch nie erlebt. Damit erregen Sie erst Recht Verdacht.

»Ich liebe dich«, sagte ich sanft.

Es war ein Rauschen, nicht mehr.

3

Wir gingen ins Kino. Tom saß neben mir. Ich hatte seine Hand genommen. Ich brauchte im dunklen Kinosaal die Hand eines Mannes im Schoß.

»Ich will dein Mann sein«, flüsterte der Polizeipsychologe.

Mir war heiß nach dem Film. Ich verlor neben Männern das Zeitgefühl. Die Umgebung war verschwommen. Tom bestimmte das Programm. Wir fuhren zu seinem Haus. Sooft er mich anfasste, war ich elektrisiert. Doch durch ihn war der Zugang zu meinen Tagträumen versperrt. Ich hasste ihn dafür. Ich suchte seine Nähe und drängte mich an ihn, um den Hass zu betäuben. Ich spürte etwas Ähnliches wie

Liebe, so lange ich in seinen Armen lag. Aber um wieviel anders war es gewesen, im Duft des Mannes zu sein, dem mein Herz gehörte!

Wir hatten miteinander gegessen. Das Lokal lag außerhalb der Stadt, in den Donauauen. Ich hatte das Gefühl, mit ihm eine Ewigkeit zu fahren.

»Ich habe nicht viel Zeit«, sagte er auf der Hinfahrt.

Er erwähnte etwas von seiner Arbeit. Ich betrachtete ihn. Im Fahrtwind von draußen – er hatte die Scheibe heruntergekurbelt – lag sein Haar dicht am Kopf an. Im Profil fand ich ihn nicht ganz perfekt, vielleicht war die Nase eine Idee zu kurz. Es gab ihm etwas von einem Eichhörnchen.

»Dort ist eine Gaststätte«, sagte er.

Wir hielten. Ich stieg aus. Eine große Vertrautheit verband uns. Luftleerer Raum. Meine Arme schwangen seitlich des Körpers. Ich fühlte mich frei. Ich flog. Wir bestellten uns Getränke und eine Mahlzeit und sprachen über die Liebe. Über *meine* Liebe zu ihm.

»Ich bin psychologisch ausgebildet«, sagte ich, »und kann mir dennoch nicht erklären, warum meine Liebe zu dir überlebt hat. Aber irgendetwas muss es ja sein, irgendeinen Gewinn muss ich davon haben. Vielleicht ist es ja die unerfüllte Sehnsucht.«

Ich legte eine Pause ein, in der ich ihn ansah, wie er mich stumm betrachtete, dann fügte ich hinzu: »Es ist auch schön, Sehnsucht zu haben.«

Ich sagte es ohne Trotz. In einem Ton, als wollte ich meiner Sehnsucht einen besonderen Wert beimessen, und als müsste jedermann dafür Verständnis zeigen, dass ich alles daran setzte, sie mir zu erhalten. Wir unterhielten uns über Liebe und Sehnsucht, als wären es Gegenstände vor uns auf dem Tisch. Es hörte sich fast so an, als ob ich stolz darauf wäre, ihn zu lieben und ihm meine hoffnungslose Liebe zu gestehen.

»Ich mag *diesen* Tom«, sagte ich über den Polizeipsychologen, »aber wenn ich wählen könnte, würde ich sofort zu dir hinspringen.«

Meine letzte Bemerkung war von einem unerwarteten Lächeln begleitet. Ich wirkte – für mich selbst unverständlich – für die Dauer des Zusammenseins gelöst und glücklich. Ich enthüllte ihm mein Leid, wie ein Kind, das alles hemmungslos heraus plappert. Als ich auf der Toilette war, rief ich mir sein Bild ab. Er hatte sich kaum verändert. Eine Stunde lang hatte er mir nahezu ungerührt zugehört und dabei seinen Knödel zerteilt und das Beuschel verzehrt. Ich achtete nicht darauf und hörte nur seine und meine Stimme. Es war wie ein tiefer Einschnitt, als er die Bedienung zum Zahlen heranwinkte. Er entschuldigte sich förmlich, falls ich noch etwas bestellen hätte wollen.

Geradezu unbeschwert folgte ich ihm zum Wagen und nahm neben ihm Platz. Er ließ den Motor an. Tom pflegte ich vor jedem Abschied unter Tränen eine Szene zu machen und es damit zu begründen, als Kind häufig allein gelassen worden zu sein. Ich dachte auch nicht daran, die Hand des Mannes zu ergreifen, wie ich jedes Mal Toms Hand ergriff und an mich zog.

Er war nur ein Bild. In ein Bild hinein zu fassen, fiel mir nicht ein.

Auf der Fahrt ließ ich ihn lebendig werden. Wie im Kino bei Tom, ergriff ich seine Hand und legte sie in meinen Schoß. Er sagte, dass das noch niemand während einer Autofahrt mit ihm gemacht habe. Während er einhändig fuhr, hielt ich seine Hand und deckte meine Hand darüber. Unsere Hände kamen mir wie schlummernde Tiere vor, sie hatten etwas zutiefst Friedvolles. Ich untermauerte seine wachsende Begeisterung, indem ich ihm meine Gefühle beschrieb. Ich zog Beispiele heran, betonte, nicht zu wissen, woran es lag, mit ihm sei es um Dimensionen besser, es sei göttlich. Und auch wenn ich geblutet hätte, sagte ich, kein anderer hätte es mir je so gut und ausführlich gemacht. Ich sagte nicht gut und ausführlich, denn das wäre zu wenig gewesen. Ich konnte nur in seiner Gegenwart so reden und weiß die genauen Worte nicht mehr.

War er zunächst beinah abweisend und wie unter Zeitdruck erschienen, wirkte er jetzt geradezu erwärmt. Ja, der unerreichte Geliebte hatte den Ausdruck der Begierde angenommen. Er erlaubte mir, mich an ihn zu schmiegen und sein Ohr zu küssen. Seine Hand schlüpfte, als er am Zielort gehalten hatte, noch rasch unter meinen Hosenbund. Die Druckknöpfe sprangen auf, und für Sekunden tauchten seine Fingerspitzen in das *goldene Gässchen* ein – schrieb er mir später in einer E-Mail.

Ich musste mich an Tom drängen, um mein Verlangen zu ersticken. Ich hatte andere Gefühle; es waren Gefühle für Tom, und sie waren ebenso stark.

»Liebst du mich?«, fragte er mich.

»So wie du mich«, gab ich zurück.

Ich glaube nicht, dass Männer lieben können. Sie können hörig sein, an einer bestimmten Gewohnheit hängen, und häufig ist die Gewohnheit eine Frau. Mit mir war es nicht anders. Ich konnte nicht lieben, weil ich mich vor der Liebe fürchtete. Sie kam mir verschlingend vor. Ich glaubte, verrückt zu werden, wenn ich mich auf sie einließ. Ich hielt immer nur kurz den Kopf ins Löwenmaul und zog ihn dann, wie nach einer Mutprobe, wieder heraus.

Erdal hatte einmal gesagt, dass ich liebesfähig sei. Er hatte das aus meiner sexuellen Freizügigkeit geschlossen.

Tom nahm eine Schlaftablette.

»Nur eine halbe«, sagte er, »damit ich durchschlafen kann. Die Nachtdienste waren anstrengend.«

Ich meinte, dass er mich nicht anrühren würde, täuschte mich aber. Die Schlaftablette hinderte ihn nicht. Ich hatte gemischte Gefühle, als er meine Hand an seinen Penis führte.

»Penis«, hatte der unerreichte Geliebte gesagt, »ist zutiefst biologisch. Warum gibt es keine geeigneten Ausdrücke für die Geschlechtsorgane?«

»Stimmt«, hatte ich erwidert, »und Schwanz ist irgendwie obszön.«

»So auch Möse.«

»Und Muschi klingt unverzeihlich harmlos.«

»Lächerlich.«

»Dennoch bin ich für Möse statt Vagina.«

»Vagina ist wie Penis aus dem Aufklärungsunterricht.«

»Und Fotze ist überhaupt das Letzte!«

Tom hatte sich bereits in mich geschoben. Erst tat es mir weh, und dann spürte ich ihn kaum. Es gelang mir nicht, feucht zu werden. Zum ersten Mal, dachte ich überrascht, und wurde sogleich feucht. Er fuhr ein und aus, und ich strengte mich an, seinen Rhythmus zu erraten. Ich ahnte ihn bald voraus und gab mich den sanften und immer schneller werdenden Stößen hin. Seine Hand umfasste meinen Bauch und ergriff eine Bauchfalte. So hielt er mich fest und stieß immer fester, wobei er mir Worte zuflüsterte, irgendeine Bezeichnung mit »Du geile ...«, die ich nicht weiter verstand, denn er stieß mich so heftig und ließ nicht nach. Seine Stimme war rauchig. Seine Finger drehten meine Brustwarzen, als nagten Mäuse daran. Ich stieß ihm die Faust in den Leib, während er mich weiter von hinten vögelte, und hatte sie ihm nur angesetzt, um ihn durch leichte Gegenwehr in der Lust noch zu steigern. Seine Erregung wuchs, sein Penis wurde größer und nahm die Ausmaße des Penis vom unerreichten Geliebten an. Mir gelangen einige Bilder und Szenen, und plötzlich packte mich die Lust, ich stieß Glückslaute aus, schrie vor Entsetzen über Glück und Schmerz, war erledigt, brannte lichterloh und wollte von seinen Stößen durchbohrt und zersiebt und vernichtet sein.

»Erledige mich«, bat ich ihn, während ich wie eine Ertrinkende mit beiden Händen nach dem äußersten Bettrand tastete, als wäre es eine rettende Holzplanke, um gleich darauf gellend: »Nein, lass mich!«, und: »Bitte, bitte, nein!«, zu rufen, ehe ich explosionsartig kam.

Heulend, wimmernd, schwitzend lag ich in seinen Armen und drängte mich an ihn, als wäre er eine Höhle, ein wärmendes Fell, der mich fasziniert betrachtete. Er schien seine Leistung, oder, was die Folge davon war, so berauschend zu finden, dass er mich nach kurzer Pause von neuem packte, an den Schultern fasste und wie wild stieß, was von Zurufen begleitet war wie: »Ja, ja, so ist es gut! Du bist so schön nass, Mädchen!«, und »Meine geile Stute!«, »Oh, ja, du bist mein!« Mir dröhnte anschließend der Kopf vom eigenen Geschrei. Ich war heiser und hatte mir im Rauschgefühl den Kissenbezug in die Mundhöhle gestopft, dass ich kaum atmen konnte. Ich hatte mich wieder an Tom geschmiegt und leise gewimmert. Er hielt mich und versicherte mir, mich zu halten. Ich hatte die Konturen verloren, war fassungslos in den Raum übergegangen, verschmolzen.

»Wo bist du? – Bist du es?«

»Ich bin es!«, rief Tom und wiegte mich in den Armen.

Ich hasste und liebte ihn, während ich abermals zerfloss. Ich war erweitert, nicht mehr vorhanden, ausgeschöpft, als er von mir ließ. Sogleich begann ich, das Fehlen seines Schwanzes wie eine Wunde zu empfinden. Ich wollte wieder vollständig sein. Ihn zu küssen, half mir nicht. Ich hakte ihm die Zähne in die Schulter und leckte über seinen Handteller, nur um das Gefühl von mir abzuwenden, schon wieder verlassen zu sein.

4

Als Vater mit siebzig den Staatspreis für Literatur erhielt, war niemand von uns anwesend. Mutter war zu diesem Zeitpunkt bereits tot. In Portraits über unseren Vater wurden wir nie namentlich erwähnt, und es wurde lediglich vermerkt, dass der umtriebige Poet drei Kinder hatte, also zeugungsfähig gewesen war. Vaters Leben bestand in seiner Berufstätigkeit und seinen Werken sowie seiner Leidenschaft für Mineralien. Eine Kultursendung über ihn hatte den Untertitel *Minnesänger und Alpinist* gehabt. Vater war im Gebirge zu sehen, bald nach der Verleihung des Staatspreises, wie er eine Geode barg. Man sah ihn beim Sprengen des Minerals. Eine wunderbar violette Kristallform kam zum Vorschein. Vater erklärte einem Reporter, was eine Geode sei, und sein erster Erfolgsroman wurde eingeblendet.

Die Sendung lief während einer Zeit, als ich zu Vater keinen Kontakt mehr hatte. Tom behauptete, ich wäre immerzu mit ihm verbunden geblieben, und alles, was ich getan hätte, hätte ich nur für ihn getan. Selbst meine Partnerwahl und mein Beruf seien durch ihn bestimmt gewesen.

Vater war ein sympathischer Mensch und in Gesellschaft beliebt und unterhaltsam. Niemand ahnte, welcher Tyrann er zuhause war, wie sehr Frau und Kinder seinen Zorn, seine Launen fürchteten. Wir waren jahrelang damit beschäftigt gewesen, ihn bei Laune zu halten. Wir hatten uns für Vater verstellt und tot gestellt. Wir waren mucksmäuschenstill geblieben, nur um nicht seinen Zorn zu erregen. Wir hatten dennoch immer wieder etwas falsch gemacht und waren von ihm bestraft worden. Er warf mit Mineralien nach uns und ließ sie uns einsammeln. Er gab uns die Schuld an seinem Zorn.

»Deshalb fühle ich mich für sein Verschwinden verantwortlich«, notierte ich in der Garderobe, kurz vor *Annette und Sarah*.

Der Trailer war abgespielt; ich erschien auf der Showtreppe. Das Spotlight folgte mir, die zwanzig Studiogäste trampelten und klatschten Beifall. Der Intendant saß in der ersten Reihe. Ich nahm auf dem Interviewsofa Platz. Mein Herz schlug heftig. Mir schien, als würde es in meinem Kopf pulsieren. Kurz vor der Sendung hatte mir Tom gefehlt. Ich hätte seinen Zuspruch benötigt. Es war, als gäbe er mir mit seinen Worten Gestalt und setzte mir zugleich vernünftige Grenzen.

Ich hatte mich umfassend vorbereitet. Im Publikum befand sich ein Experte für *Alzheimer*.

Doktor Graf kam auf die Bühne. Er setzte sich auf das Sofa.

»Verehrte Damen und Herren«, sagte ich, »wir wenden uns heute einem ernsten Thema zu. Es ist etwas, das jeden von uns auf die eine oder andere Weise betreffen kann. Demenzerkrankungen. Ich begrüße dazu Herrn Doktor Graf.«

Graf war Psychiater und Neurologe. Er war der Primarius des Geriatrischen Langzeitpflegeheims, an dem Vater zuletzt gewesen war. Vater hatte insgesamt vier Wochen in geriatrischer Pflege verbracht. Der Krankengeschichte war zu entnehmen gewesen, dass er bei seiner Aufnahme verwirrt, verängstigt und nicht ansprechbar gewesen war. Er hatte aus dem Küchenfenster um Hilfe gerufen und war auf Initiative von Hausbewohnern mit der Rettung an eine Notfallambulanz gebracht und von dort an die Gerontopsychiatrie überwiesen worden. Zumal sie dort Patienten auf Kosten der Krankenversicherung nicht langfristig behalten können, landete er auf einer Langzeitpflegestation. Während der Befundsaufnahme erweckte er den Eindruck, nicht zu wissen, wer er war. Er verweigerte das Sprechen.

Es komme des öfteren vor, dass Alzheimerpatienten von heute auf morgen verschwänden, erläuterte Graf. Sie irrten durch ihre Geburtsstadt, ohne sie als solche zu erkennen, und meinten als Tourist in der Fremde unterwegs zu sein. Es sei schwer, diese Menschen vor sich selbst zu schützen, zumal sie kein Krankheitsbewusstsein besäßen. Alzheimerpatienten seien stur und uneinsichtig. Sie rannten aufgebracht umher, als suchten sie nach etwas, weshalb sie häufig zu Sturz kämen. Um die permanente Sturzgefahr zu verringern, sei man dazu übergangen, die betreffenden Personen zu ihrem eigenen Besten in *Sicherheitsbetten* und *Netzbetten* gefangen zu halten oder in Rollstühlen zu fixieren. Graf hatte freilich nicht *gefangen zu halten* gesagt. Er benützte verharmlosende Ausdrücke.

Graf war nun bei der Schilderung des typischen Alzheimerpatienten angelangt und erwähnte den trippelnden Schritt, die Neigung zu Aggressivität und Verfolgungswahn, als ich ihn mit einer Ankündigung unterbrach.

»Wir bitten Frau Maria B. zu uns!«

Eine Alzheimerpatientin im fortgeschrittenen Stadium wurde von zwei Studioassistentinnen ins Rampenlicht geführt.

Es handelte sich um eine zweiundachtzigjährige Patientin der Station, wo Vater gewesen war. Sie war eine sympathisch wirkende weißhaarige Dame mit einem fein geschnittenen Gesicht und funkelnden Augen. Beständig zupften ihre Hände an ihrem Faltenrock im Schottenmuster. Später erfuhr ich von Graf, dass er sie vor der Sendung intravenös mit Valium vollgepumpt hatte, um sie daran zu hindern, ruhelos durch das Studio zu irren. Der Primarius bezeichnete sie als exemplarischen Fall und gab eine Kostprobe seines Könnens, indem er ihr standardisierte Fragen stellte, die Aufschluss über den Grad ihrer Verwirrung geben sollten.

Graf fragte: »Wie heißen Sie?«

Maria B. antwortete: »Ich kann es nicht sagen.«

Graf fragte nach Maria B.'s Geburtsdatum. Er fragte, ob sie wisse, wer er sei, und welches Jahr wir schrieben, und wo sie hier sei. Maria B. zuckte die Achseln, lächelte und erzählte, dass sie Erzieherin in Frankreich gewesen sei. Graf störte, dass sie aus ihrem Leben zu erzählen begann. Er wollte mit dem Fragenkatalog zu Ende kommen und bereute, ihr nicht noch mehr Valium gespritzt zu haben. In ihrer Gegenwart erwähnte er, dass sie entmündigt und unter Sachwalterschaft gestellt worden war. Sie war in ihrer verwahrlosten Wohnung halb verhungert aufgefunden worden. Die Wohnung wurde aufgelöst und sie selbst nach Erstellung eines psychiatrischen Gutachtens dauerhaft ins Pflegeheim überstellt.

»Ich bedanke mich sehr, dass so viele gekommen sind«, rief Maria B. ins Publikum und sprang auf.

Spontaner Applaus.

Gegen das Konzept der Sendung verzichtete ich darauf, die Sachwalterin, die Maria B.s persönliche und rechtliche Angelegenheiten zu besorgen hatte, aufzurufen. Ich überließ Maria B. die folgenden Minuten.

Graf war entsetzt.

»Das ist nun wirklich eine Schikane für die Patientin«, flüsterte er mir zu, während sie dazu überging, der ersten Reihe im Publikum die Hände zu schütteln.

»Sie lassen sie wie einen Affen tanzen«, zischte er, »ich kann das nicht gutheißen. Aus ärztlicher Sicht …«

Ich holte Maria B. zurück auf die Showbühne, überreichte ihr Blumen und entließ sie. Nach einem Musikblock las ich einen Absatz aus Vaters Roman *Die Geode*, ehe ich von seinem Verschwinden berichtete.

»Herr Doktor Graf sah meinen Vater, kurz bevor er verschwand«, sagte ich: »Bitte Herr Doktor Graf!«

Kameraschwenk auf Graf, dessen Gegenwart mir seit der Sache mit Maria B. Übelkeit erzeugte. Er war ein Menschenfeind. Er klammerte sich an ritualisierte Verhaltensmuster. Als Psychologin hätte ich einiges über den Kerl zu sagen gewusst.

»Sarahs Vater«, begann Graf mit erleuchtetem Gesichtsausdruck, »war ein großer Literat. Es war uns, und ich spreche im Namen des gesamten Pflegeteams, eine besondere Ehre, ihn unter unseren Patienten zu haben. Man konnte nicht genau beurteilen, ob er uns verstand. Manchmal hatten wir den Eindruck, dass er noch alles verstehen könne. Dann wieder erschien er uns wie in einer anderen Welt …«

Ein Kurzportrait wurde eingespielt. Vater auf einem Super-8-Film mit uns Kindern, eines der wenigen Dokumente seiner Vaterschaft. Ich hatte es in einer Schreibtischlade, begraben unter Geoden, gefunden. Vater bei der Staatspreisverleihung.

»Ich hatte zuletzt mit siebzehn Jahren Kontakt zu meinem Vater«, sagte ich. »Ich weiß nicht, wie es vor seinem Verschwinden um ihn stand. Es mag Ihnen ungewöhnlich erscheinen, meine Damen und Herren. Aber für mich wäre es nicht haltbar, in der Öffentlichkeit zu stehen und mein größtes Problem zu verschweigen. Ich bitte Sie: Helfen Sie mir, meinen Vater zu finden! Rufen Sie folgende Hotline an!«

Die Nummer wurde eingeblendet.

»Scheuen Sie sich nicht, beim geringsten Verdacht anzurufen«, sagte ich, flankiert von Maria B. und Doktor Graf.

Der Intendant nannte es einen *Probegalopp*, was ich geboten hätte, und räumte ein, dass diese Inhalte prinzipiell nichts für den Nachmittag seien. Rentner, Teenager und Hausfrauen hätten kein Interesse an derartiger Dramatik. Sie wollten Skandale und Liebesromanzen, kein deprimierendes Aufklärungsprogramm.

»Sie sind beim falschen Sender«, sagte er schroff. »Na, wir werden ja sehen.«

5

Eine Woche später hatte Annette die Sendung alleine übernommen. Mein Haar hatte seine ursprüngliche Länge wieder. Als ich am Nachmittag in die verlassene Wohnung kam, stieg mir ein seltsamer Geruch entgegen. Das Küchenfenster stand offen, und aus einer Nachbarswohnung drangen Kochgerüche. Ich entdeckte Apfelschalen. Ich erinnerte mich, vor einiger Zeit Orangenschalen gefunden zu haben. Ich sah im Mülleimer nach. Ich kontrollierte Bad und Toilette.

Von einem unbestimmten Verdacht geleitet, schlug ich Vaters Bettdecke zurück. Es war das erste Mal seit damals. Das Laken war zerknittert. Es erschien mir wie Haut, und ich wäre verführt gewesen, mich daran zu schmiegen. Als Kind hatte ich mich in Vaters Abwesenheit unter seine Bettdecke zurückgezogen. Ich hatte mir meinen Vater wie aromatische Dämpfe zugeführt. Das Bett war mein Vater geworden, gab mir Zärtlichkeit und Wärme. Es spendete mir seinen Geruch, den ich zum Leben brauchte. Mir war es jedesmal gelungen, den Urzustand des Bettes wiederherzustellen, ehe er zurückkam. Er sollte nicht erkennen, dass ich darin gelegen hatte, und wie sehr mich nach ihm verlangte.

Und obwohl er mich nie berührte, mich nicht einmal ansah, sondern über mich hinwegsah wie über ein Hindernis, erhielt ich mir das Gefühl des Geliebtwerdens durch ihn und konservierte es in derselben Wärme, in der er nachts lag. So konnte ich ihn erobern, ergattern, mir aneignen. Ich hatte die Stirn auf das Laken gestützt. Es war wieder geschehen.

Sucht heißt Suche.

Ich weinte, wie ich damals geweint habe. Vater hatte nur einmal gesagt, dass ihm an seinem Bett etwas aufgefallen sei. Es war die letzte Begegnung gewesen, ehe ich die Sucht, in seinem Bett zu liegen, sein ließ. Ich war siebzehn. Ich begann vom nächsten Morgen an, mich wegzuwerfen. Er hatte mich angesehen, im Halbdunkel der Diele leuchtete das Weiße in seinen dunklen Augen auf, und er hatte die entscheidenden Worte gesagt, die mich befreiten.

»Dring nie wieder bei mir ein!«

Er fügte noch etwas hinzu. Ich möge nichts beflecken. Das Wort *beflecken* hatte in mir Panik ausgelöst. Anfallsartig wollte ich meinen Kopf zwischen seine Beine schieben. Ich wollte von ihm einen letzten Segen erflehen und mich anschließend in die Hölle stürzen. Ich wollte getötet werden, damit es mich nicht mehr gab. Meine Verbindung zu Vater war unterbrochen. Ich hätte gern länger in seinem Bett gelegen. Mir war elend. Vater hatte mich zurückgewiesen.

Unter Tränen sprach ich auf Flohs Mailbox, Vater habe mich so wenig wahrgenommen und beachtet, dass ich mir gewünscht hätte, von ihm totgeschlagen zu werden, nur um das Gefühl zu haben, dass er Notiz von mir nahm.

Nicht Vater sei schuld gewesen, sondern ich.

Die folgenden Tage verbrachte ich bei Emilia. Sie hatte mir als Zeichen guten Willens den Schlüssel bei einer Freundin hinterlegt und war selbst verreist. Ich nahm an, dass sie mich nicht sprechen wollte, doch eingesehen hatte, dass sie ungerecht gewesen war. Ich befand mich inmitten ihrer Sachen. Ein Wäscheständer mit riesigen Slips und Büstenhaltern, Parfumflacons und eine Kleiderstange mit glitzernden Roben leisteten mir Gesellschaft. Ich genoss es, in der Privatsphäre eines anderen Menschen zu sein. Es half mir, mein eigenes Schicksal zu ertragen. Einen Tag vor *Annette und Sarah* wurde ich depressiv. Ich hasste auf einmal Emilias Umgebung. Ich wollte nicht in Vaters Wohnung, alles bedrängte mich, und ich konnte nicht aufhören zu heulen. Zudem hatte ich auf dem Knöchel ein rot schimmerndes Mal, das ich für das Anzeichen einer Todeskrankheit hielt. Ich lief durch die Straßen, als hätte ich nichts mehr zu verlieren.

Die Sendung war mir völlig egal. Ich überlegte, ob ich mich betrinken sollte oder Leo um Drogen bitten. Eine Line Koks aufzuziehen, hätte mich munter gemacht, aber Leo konnte nur Speed anbieten. Ich lehnte ab und ging in einer Antifaschismus-Demonstration in der Kärntner Straße unter, ertrank im Menschenbad. Keinen würde ich kennen lernen, oder vielleicht doch zufällig. Ich war schwach. Immer wieder bückte ich mich, um nach dem Mal zu tasten. Ich fand noch andere Symptome, dann wurde mir schwarz vor Augen. Unmittelbar vor einem Fahrzeug des mobilen Blutspendedienstes brach ich zusammen.

Ein mit blauem Kajal umrandetes helles Augenpaar blickte auf mich herab. Annette berührte mein Haar. Sie kam mir mit dem Gesicht ganz nahe. Ich konnte ihren feuchten Atem spüren. Wenn sie redete, war ich von ihrem Duft umhüllt, ein Duft nach Vanille und Pfefferminzkaugummi. Eine Idee Nikotin lag darin. Annette trug eine goldene Bademütze auf dem Kopf. Sie hatte Glitter auf den Wangen.

»Du bist schön«, sagte ich zu ihr.

»Wir sind auf einer Intensivstation«, erklärte sie mir.

»Soll ich eine Reportage schreiben?«, fragte ich.

»Außer dir gibt es hier fast nur Hirntote«, flüsterte Annette.

Erst jetzt sah ich den Kamerawagen seitlich von ihr. Herunter hing ein langer Metallarm mit einer Art Glotzauge. Das Glotzauge hatte mein Bett im Visir. Ich war unter Aufsicht.

»Du bist gerettet.«

Ich hatte versucht, mich aufzurichten. Aber die Schläuche und Kabel, die mich wie ein Kokon umgaben, ließen es nicht zu. Aus meiner Halsvene hing eine Leitung. Ich war mit mehreren Infusionsflaschen verbunden.

»Das hat nichts zu bedeuten«, beruhigte mich meine Kollegin.

Eine *nasogastrale Sonde* leitete die Spezialnahrung direkt durch die Nasenlöcher in den Magen. Annette pumpte mit einer großen Spritze Flüssignahrung in mich hinein. Ich fühlte mich von innen aufquellen. Vom Nebenbett erreichte mich das Geräusch des Absaugens von Schleim an einem Patienten.

»Das ist kein Mensch«, verhieß mir Annette. »Das ist ein hirntoter Organspender. Durch eine umfassende Reflexprüfung konnte man den Ausfall seines Stammhirns feststellen. Und jetzt entnehmen die Transplantationschirurgen seiner Leistengegend einen Lymphknoten, um herauszufinden, welche Person von der Warteliste angepiept werden soll.«

Ich bemerkte den Schutzüberzug mit dem Logo des Fernsehsenders auf dem Mikrophon in Annettes Hand.

»Sei froh, dass du nicht intubiert wurdest«, bemerkte sie. »Der Tubus, den sie dir beinah in den Hals gesteckt hätten, hätte deine Stimmritzen verletzt. Und du hättest längere Zeit nicht moderieren können.«

Annette zog sich Latexhandschuhe über, gab dem Kamerawagen, der ihr roboterhaft folgte, ein Zeichen und machte ihm Platz, indem sie die Apparaturen verrückte, an welchen ich hing. Dann befreite sie mich von der allgemeinen Verkabelung meines Körpers, nahm mir die EKG-Elektroden und die Dornenkrone des Nadel-EEGs ab, erlöste mich von der Nährsonde, was von meinem heftigen Hust- und Brechreiz begleitet war, und half mir, aus dem Bett zu steigen. Ich trug ein im Nacken geknotetes steriles Hemd.

»Du kommst in den OP«, sagte Annette. »Dein Herz folgt dir.«

Ich zog vor dem Glotzauge, das mich gestreift hatte, den Kopf ein. Immer wieder wischte der Metallarm durch die Luft, und musste ich den Kopf einziehen. Im Nebenbett lag ein schlafender Mensch.

Als ich näher herantrat, sah ich, dass es Vater war.

»Er ist apallisch«, erklärte Annette. »Seine Großhirnfunktion ist erloschen. Er lebt nur noch vegetativ. Wir können ihn vergessen. Er wird nie mehr selbständig atmen, schreiben oder Mineralien sammeln. Das einzige, was er noch für dich tun kann, ist, dir sein Herz zu schenken.«

»Nie hätte ich erwartet, dass Vaters Herz für mich schlagen könnte«, sagte ich zu Tom, der mich nach dem Eingriff auf der transplantationschirurgischen Intensivstation besuchte. Ich lag in einem abgedunkelten Einzelzimmer. Bevor Angehörige des Pflegepersonals oder Besucher hereinkamen, mussten sie sich mit einer sterilen Schürze und Mundschutz verkleiden. Tom saß eingemummt wie ein Astronaut auf meiner Bettkante, während eine Schwester draußen mit dem Servieren einer Mahlzeit wartete.

»Die Transplantation wurde live übertragen«, berichtete Tom aufgeregt, »Annette hat ihre Sache gut gemacht. Und du hast jetzt ein neues Herz. Das Herz deines Vaters.«

Das Herz eines alten Mannes zu haben, konnte mich nicht beruhigen. Wer hätte gedacht, dass ich herzkrank gewesen war? Es hatte nicht das geringste Anzeichen gegeben.

Tom streichelte mein Gesicht. Seine Hand roch nach Desinfektionslösung. Jeder, der in meine Nähe kam, wurde von schädlichen Keimen befreit. Nach Transplantationen besteht äußerste Infektionsgefahr. Nun wurde abgewartet, ob sich Abstoßungsreaktionen einstellen würden, oder ob mein Organismus das Herz meines Vaters akzeptierte. Mir wurden hochdosierte Antiimmunsuppressiva verabreicht, die ich lebenslang einzunehmen hätte, um die natürliche Abwehr meines Körpers gegen Vaters Eindringen zu kontrollieren. Ein Chirurg hatte mir unmittelbar nach dem Erwachen alles erklärt. Ich hatte Annette und den Kamerawagen zu diesem Zeitpunkt nicht wahrgenommen.

»Ruh' dich aus«, sagte Tom und legte mir die Hand auf die Stirn. »Ich besuche dich bald wieder.«

Er stand auf und wandte sich zur Tür.

»Und Vater?«

»Er ist in dir gut aufgehoben. Er könnte es nicht besser haben. Auf seine alten Tage macht er alles wieder gut.«

Am Ende sagte Tom, dass ein dementer Mensch ohnehin nichts mehr vom Leben habe. Seine Lebensqualität sei gering. Er wisse nicht, wer er selbst sei und könne dem Leben nicht viel abgewinnen. Da sei es nur folgerichtig, das noch wertvolle Leben eines anderen zu retten, der auf ein Fremdorgan angewiesen ist.

6

Ich lag am oberen Ende der Kärntner Straße in der Sonne und sah den Stephansdom über mir. Die Welt war auf den Kopf gestellt; Demonstranten marschierten vorbei, ohne Notiz von mir zu nehmen; Tauben flogen wie musikalische Notenzeichen am weißgrauen Himmel.

Vermutlich handelte es sich um *hysterische Epilepsie*. Die Anfälle gleichen echten epileptischen Anfällen. Der Person steht Schaum vor dem Mund, und sie scheint das Bewusstsein zu verlieren. Es hatte mich immerhin erleichtert. Ich richtete mich unter dem Zuspruch eines Rotkreuzdieners aus dem Blutspendewagen auf und versuchte, mit den Händen meinen Haarscheitel in einer Zickzacklinie zu ordnen. Anschließend verzehrte ich ein Fischmac-Menü und wurde in einem Wagen der Straßenbahnlinie 21 von einer

Kontrollorin in Zivil wegen Schwarzfahrens festgehalten. Als ich mich von ihr losriss, rief sie mir nach, dass ich mir die Zähne putzen solle wegen meines Fischgeruchs.

Ich war beziehungssüchtig. Die Männer und Frauen waren austauschbar. Vor Emilia hatte eine andere Freundin diese Funktion erfüllt. Bei Emilia war es darum gegangen, dass sie mir uneingeschränkt zuhörte, mich jederzeit in ihrer Garçonnière aufnahm und mich den Männern vorzog. Seit diese Kriterien nicht mehr erfüllt wurden, haftete dem Verhältnis ein übler Beigeschmack an. Mit Tom war es nicht anders. Er hätte mich retten sollen. Doch er wollte mich formen und missbrauchen. Irgendwann kam ich mit jedem Mann an den Punkt, wo sich ein bestimmtes Gefühl breitmachte. Das Gefühl, dass ich nicht zeigen dürfte, wie ich wirklich war. Meine besondere Fähigkeit war es, für Männer einen Anreiz zu bieten, herausfordernd und verlockend zu sein. Beim ersten Mann war ich abgeblitzt. Vater hatte mich missachtet. Umso mehr verwunderte mich das ominöse Manuskript.

Vaters unveröffentlichtes Manuskript, das in das Genre der *Tagebuchliteratur* zu reihen wäre, hieß wie ich und war laut Letzteintragung bis kurz vor seinem Verschwinden geführt worden. War es ein Zufall, und er hatte das Werk grundlos nach mir benannt? Oder war er bereits hochgradig verwirrt gewesen, so dass er Wörter und Bedeutungen falsch zuordnete? Vielleicht richtete sich das Manuskript an meine Mutter, die Susanna geheißen hatte, und Vater hatte weibliche Vornamen mit S verwechselt. Mir brannten die Schläfen. Verwirrt legte ich das Manuskript *Sarah*, das ich ständig im Rucksack bei mir getragen hatte, auf Vaters Schreibtisch.

Beim Hereinkommen war mir aufgefallen, dass im Badezimmer Licht brannte. Vater war hier gewesen, hatte sich gewaschen und frisch angezogen. Ich öffnete seinen Kleiderschrank. Hier war der Geruch am stärksten. Auch im Bett war der Geruch stark, aber von anderer Qualität. Die eng aneinander gehängten Anzugjacken und Hosen, die gestapelten Hemden und Pullis, die in die Schranktür, unter eine Leiste geklemmten Krawatten, und die Unterwäsche für warme und kalte Tage erzeugten einen kräftigen Duft, der schon an Gestank grenzte. Als Kind war ich wie betäubt aus dem Kleiderschrank zurückgekehrt. Ich war in der Finsternis inmitten von Anzügen, Mänteln und Jacken gehockt. Ich hatte mein Gesicht an den Jackenärmeln gescheuert und die Fäuste in seine Mantelsäcke gesteckt. Ich hatte mir ein Hemd von ihm übers Gesicht gelegt und immer schneller eingeatmet. Ich hatte mich mit seinen Ärmeln gestreichelt. Ich hatte mir die Hemdsärmel um meine Hüften geschlungen. Ich hatte in Umarmung mit Hemden geschlummert. Ich hatte mir Vaters Socken in den Rachen gesteckt, bis es mich gewürgt hatte. Ich leckte an seinen Knöpfen. Ich zog die Schranktür zu und hielt wie in einer Meditation inne.

Wenn er zurückkam, hatte ich das Gefühl gehabt, ihn besessen zu haben. Wir hatten eine Geschichte. Er wusste nichts von den Geruchsbädern, die ich nahm. Floh lag falsch. Vater hatte mich nicht vergewaltigt. Ich hätte es mir erträumt, um von ihm befreit zu werden.

Sarah handelte von einem Mann, der als dement eingestuft wurde.

»Ich bin vergesslich. Das ist altersgemäß«, lautete eine Eintragung, die etwa zwei Jahre zurücklag. »Heute Nacht erschien mir Sarah.«

Ich erschrak.

Ich beschloss, nicht mehr in *Sarah* zu lesen. Aber ein Hinweis musste darin zu finden sein, zumal die Polizei mich verdächtigt hatte, mehr über Vaters Verbleib zu wissen!

Fiebrig blätterte ich im Manuskript und stieß auf einen Abschnitt, der den Titel *Briefe an Sarah* trug.

Die Datierung der Briefe begann, als ich siebzehn gewesen war. Während er in seinem Zimmer eingeschlossen war, und ich nicht zu ihm hinein durfte, hatte er an mich geschrieben und angeregte Gespräche mit mir geführt. Ich lief in die Küche. Eine Herdplatte war noch warm. Im Waschbecken im Bad klebten Barthaare; ein elektrischer Rasierapparat musste vor kurzem entleert worden sein. Ich setzte mich in den weinroten Ohrensessel und blinzelte gegen das schräg hereinfallende Licht der Nachmittagssonne. Ich gab mich der Illusion hin, wieder ein Kind zu sein und von neuem zu leben.

7

Ich las Tom aus *Sarah* vor. Er saß aufmerksam auf der Bettkante. Immer wieder hob ich den Kopf und fragte, ob ich weiterlesen solle. Tom starrte mich an und nickte. Ich zog meinen Pullover aus. Es gelingt selten, den eigenen Geruch festzustellen. In meinem Fall war es so, dass meine Sachen mehr nach mir rochen als ich. Ich hatte diesen Pullover über eine Woche angehabt, manchmal auch nachts. Von außen waren Gerüche in das Gewebe eingedrungen, und von innen hatte sich mein Geruch darin angesammelt. Jetzt stank der Pullover nach mir und meinen Erlebnissen. Auch mein Höschen roch scharf. Daran merkte ich, ob mich jemand liebte; wenn er diese Gerüche willkommen hieß.

Tom streckte die Hand aus. Doch er roch nicht an dem Pulli, sondern faltete ihn und legte ihn beiseite, vermutlich damit er keinen Schaden nahm.

»Sehr schön«, sagte Tom überraschend, als ich aufhörte zu lesen. Er fragte, ob ich mich nicht zu ihm legen wolle. Nach den Nachtdiensten sei er müde. Wenn mich jemand auf Zärtlichkeit einlädt, bin ich schnell bereit. Mich berauscht

Zärtlichkeit. Ich genoss das werbende Spiel von Toms Zunge. Ich ließ es mir gefallen, obwohl ich ahnte, dass es nicht dabei blieb. Der starre Blick von vorhin hatte es verraten.

»Willst du ihn?«

Im Grunde hätte ich nein sagen müssen. Der Effekt eines Abenteuers mit Tom war, dass das Bild meiner Jugendliebe weiter verblasste, und ich immer weniger Zugriff darauf hatte. Orgasmen sind nicht gleich Orgasmen. Ich pflegte den vollständigen Namen des unerreichten Mannes zu schreien. Ich pflegte schon von seinem Namen zu kommen. Wir hatten es analysiert. Er hatte gemeint, selbst nicht zu verstehen, was letztlich für die Liebe ausschlaggebend sei, und dass es immer auf eine Art *freiwillige Gefangenschaft* hinauslaufe.

»Ich mag ihn sehr«, hatte ich über Tom gesagt, und: »Wir hatten schöne Erlebnisse«, um mich dem unerreichten Mann zu überlassen. Anschließend war die Verwirrung so groß, dass ich alles verwechselte. Ich verwechselte einen Anruf Emilias mit einem Anruf von Tom und reagierte jeweils unpassend. Ich konnte mir in diesen Augenblicken vorstellen, wie es um Demente stand. Ich wurde durch die Lust aufgelöst. Ich beschloss, in die Türkei zu fliegen, wollte mich auf meine Ehe besinnen und Festigkeit erlangen, indem ich für Johanna sorgte. Doch der Gedanke war im Moment der Vereinigung zerstäubt. Ich flog scheibchenweise zum offenen Fenster hinaus, das ich ihn angesichts meiner bevorstehenden Schreie zu schließen bat. Und er kehrte zurück und lag in meinen Armen. Ich hielt ihn, hielt mich an ihm, versuchte alles zugleich zu kosten und markieren, mit meiner Zunge und meinen Händen. Doch es war nicht genug, ich hätte tausend Zungen und Hände haben müssen.

»Ich bin verrückt nach deinem Körper«, hauchte mir Tom in den Nacken. Ich hörte das Zischen einer Sublingualtablette. Das nächste Manöver stand aus. Ich versuchte, dem sich anbahnenden Drama zu entkommen, indem ich Tom aufforderte, mir eine Geschichte zu erzählen.

»Ich kuschle so gern mit dir«, sagte ich. »Ist es nicht wundervoll?«

Ich fühlte ihn hart werden, noch ehe die Tablette vollständig unter seiner Zunge zergangen war. Meiner Ansicht nach handelte es sich um einen inneren Konflikt, vermutlich um schlechtes Gewissen der Toten gegenüber, weil er sich so schnell mit mir tröstete. Während Tom meinen Brustkorb umfasste und an mir auf und ab zu rutschen begann, ging das Bild des unerreichten Mannes in Brüche. Er zerstörte es mit seinen Gleitbewegungen und dem Geflüstere an meinem Ohr.

»Es muss sein, du brauchst das«, sagte Tom.

Ich setzte mich mit einem Ruck im Bett auf.

Ich wusste nicht, ob ich in Tränen ausbrechen sollte, und was ihn am ehesten von seinem Vorhaben abgebracht hätte. Ich konnte nicht einfach sagen: »Hör auf, du zerstörst mir mein Bild eines Mannes!«

Kein Mensch wird mir das nachsehen. Ich umarmte ihn nach einigen Minuten. Ich war, wie er sich mich wünschte. Er lobte mich. Ich schmiegte mich unter Tränen an. Er wurde sadistisch und fickte mich.

Mit weichen Stimmen summen sie an meinem Hals, mir nicht weh tun zu wollen. Und sie bohren sich in mein willenloses Fleisch, das vor Erregung aufquillt. Sie loben mich, weil ich anders bin, als ihre Mütter waren. Und sie zerstören in mir ihre Mütter, von denen sie sich beschattet fühlen. Die Mütter der Liebhaber, mit denen ich schlief, standen immer an den Betten und beobachteten uns. Und die Wut und sexuelle Erregung rührt von den Müttern her und nimmt in dem Maß zu oder ab, als die Mütter ihre Söhne zu lieben lehrten.

Meine Gedanken waren wie der Refrain eines Liedes. Er fickte mich seit einer halben Stunde. Und in ihm waren

Abertausende von Männern, die es auch hätten sein können. Eine Frau, die gut im Bett ist, muss hingebungsvoll und bewundernd zugleich sein. Das Bild war in Stücke zerfallen. Ich benötigte die Stimme des Mannes, wenn schon nicht seine Gegenwart, um das Spurennetz von Berührungen und Küssen zu erneuern.

»Du bist mein Zuhause«, sagte ich zu Tom.

Ich küsste seine Hände. Es war wie eine Beschwörung, mir nicht weh zu tun. Ich konnte mich erinnern, Vaters Hände so geküsst zu haben, obwohl es nie wirklich geschah. Es geschah tausendmal in meinem Inneren.

»Bleib bei mir«, flüsterte Tom.

Wir lagen, einander zugewandt, auf dem Fußboden. Ich streichelte mit seiner Hand mein Gesicht. Wir schwiegen, ich bekam feuchte Augen. Wir gingen in den Garten vor seinem Haus und setzten uns auf eine Bank an der Hauswand. Ich entdeckte Weinbergschnecken nach dem Regen. Ich hatte das Gefühl, ein Schneckengehäuse zwischen den Beinen zu haben.

»Weißt du, wie man sie zubereitet?«, fragte ich.

»Man muss sie entkoten«, erwiderte er.

Man müsse die Schnecken am Leben lassen, bis sie sich völlig entleert hätten und sie dann, nach etwa einer Woche, in sprudelndem Wasser kochen.

»Das ist mir zu grausam«, urteilte ich.

Tom erzählte von Miesmuscheln, die er im Meer gefunden und mit einem Messer vom Felsen getrennt habe. Man müsse sie längere Zeit kochen, da man sonst Hepatitis bekommen könne. Ob ich wüsste, warum die Franzosen so schlecht auf Antibiotika ansprechen?

Ich verneinte.

»Sie essen häufig Fisch«, sagte Tom. Er hatte etwas erspäht, sprang auf und pflückte am Rand eines Blumenbeetes Himbeerblüten, um daraus Tee zu brühen.

»Wieso wird man von Fisch resistent gegen Antibiotika?«

»Weil die gezüchteten Fische antibiotisch behandelt werden.«

»Du bist klug«, sagte ich und wusste, dass er mir glaubte. Ich legte den Arm um seinen Hals, zog seinen Kopf dicht an mein Gesicht und schnappte mit den Lippen nach seiner Wange. Ich biss ihn und kraulte zugleich sein Haar. Ich hatte mich an den Geruch gewöhnt. Er war meine Zuflucht, mein Zuhause. Er war das einzige, das ich noch hatte außer der blass gewordenen Erinnerung.

8

Ich ließ die Rollläden herunter und schloss mich in Toms Schlafzimmer ein. Warum bekannte ich mich nicht dazu, nur aus einem Bedürfnis nach Sicherheit heraus bei ihm zu bleiben? Doch es war schön, unsere Erlebnisse und Ausflüge, ich mochte sie, und je leidenschaftlicher Tom wurde und je mehr er sich durch meine fast ehrfürchtigen Zurufe unter seinen morgendlichen Stößen bestätigt fühlte, umso fordernder und unnachgiebiger wurde er.

»Ich schimpfe nicht«, korrigierte er mich, »ich sage dir nur meine Meinung.« Und er fügte hinzu, dass es gut sei, wenn man unterschiedliche Meinungen habe.

Ich liebte ihn nicht. Ich war süchtig danach, mich ihm aufzuhalsen und gegen den größten inneren Widerstand zu unterwerfen. Ich gab mich vollkommen auf, doch er war nicht der Adressat meiner Gefühle. Ich hatte mich so sehr an ihn gewöhnt, an seine Stimme, seinen Geruch, seine alltäglichen Rituale, die Art, wie er zu mir sprach und wie er mich nahm, dass es von Liebe kaum zu unterscheiden war. Es war so gut wie Liebe. Ich selbst hatte jede Möglichkeit verloren, noch einen Unterschied zu merken. Ich fühlte nichts als das Verlangen nach Zuwendung und Selbstaufgabe. Ich opferte mich in einem seltsamen Einklang mit mir selbst, einem Wohlbehagen, das wie Lob oder wie ein inneres Streicheln war. Eine Hand glitt über meine Eingeweide, und es wirkte beruhigend, mich immer wieder selbst zu überwinden und aufzugeben.

»Nimm dich nicht so wichtig«, riet mir der Polizeipsychologe.

Und so lange ich in dem Kreislauf aus Ficken und Küssen blieb, war ich vor mir sicher. Ich brauchte nicht den kalten Tatsachen ins Auge zu blicken, dass ich von dem geliebten Mann abgelehnt und missbraucht worden war. Immer wieder warf ich Tom vor, mich zu benützen, und gewann ihn jeweils mit Selbstaufgabe und kindlichem Werbungsverhalten zurück. Ich bewies ihm seine Stärke, und Tom erlag dem Beweis. Er wurde danach ebenso süchtig, wie ich nach seiner Besessenheit, mich zum Objekt zu machen.

»Was tust du nur mit mir?«, fragte ich ihn beim Sex, um es ihm bewusst zu machen.

Unsere anfänglichen Gespräche beim Feuer verglühten unter wildem Gestöhn. Es waren Hilferufe und Schreie nach dem Geliebten. Ich nahm mit Tom Vorlieb. Erst wenn er sich auf den Weg zur Arbeit machte, wich das Glücksgefühl dem Entsetzen. Ich war darüber entsetzt, wie vollkommen mir die Täuschung gelang. Aus Wut wollte ich alles aufgeben, worauf ich gehofft hatte, alles zerschlagen. Tom vorschützen, als wäre es Liebe.

Ich unterwarf mich nur scheinbar. In Wahrheit gehörte ich einem anderen, dem er den Körper lieh und ihn schlecht vertrat.

Ich legte mich in Toms Bett.

In seinem Geruch war ich mir fremd. Ich sprang auf und lief barfüßig ins Nebenzimmer. Vor dem Kamin lag mein Handy. Ich prüfte, ob eine SMS eingegangen war. Ich hatte

Tom darum gebeten. Manchmal war der Drang, mich aufzulösen, so heftig, dass ich das Gesicht in seine Achselhöhlen schob, seine Hand an meine Stirn presste. Niemand sollte erkennen, dass ich die Liebe nur vortäuschte.

Ich konnte das tarnende Korsett einer Liebenden nicht ablegen. Ich richtete fast alles auf Tom aus, rief ihn an, hielt mich gedanklich an ihn und entsprach seinen Vorstellungen. Hinter dem Anspruch, alles richtig zu machen und *die ideale Geliebte* zu sein, steckte ein unbändiger Zorn auf das Leben.

Ich legte mich wieder ins Bett, grätschte die Beine, schob mir sein Kopfkissen ins Kreuz und begann, das Bild des unerreichten Mannes zu imaginieren.

Tom hatte ihn beseitigt. Toms Penis, der viel weniger streng und majestätisch war, war von mir mit solchen Prädikaten bedacht worden, und jetzt herrschte eine innere Verwirrung. Ich fand keinen Ansatz, mir den anderen vorzustellen. Über allem lag Tom und hatte ihn ausgelöscht. Meine Höhepunkte waren vergilbt und schwächlich gegen das sprühende Wunder. Toms Geruch begann mich anzufallen. Ich wollte hinaus, war aber wie von Gewichten nach unten gezogen und zurückgehalten.

Abends saßen wir in seinem Haus beisammen. Tom hatte den Arm um mich gelegt und betrachtete mich von der Seite. Ich konnte es nicht leiden, ihn so nahe bei mir zu haben. Mir war, als ob ich etwas viel Schlimmeres verhindern würde, indem ich nicht von ihm abrückte.

Tom seufzte tief. Kurz zuvor hatte er bemerkt, ich würde immer nur von mir sprechen, und dass ich selbstbezogen sei. Auf das Wort *selbstbezogen* hin bekam ich anfallsartig Ohrenschmerzen. Darüber hinaus tat mir der Unterkiefer weh, was ich nicht einmal psychologisch zu deuten wusste.

Mir blieb im sprichwörtlichen Sinn die Spucke weg, während Tom mich kritisierte.

»Du merkst gar nicht, dass es, seit wir uns kennen, nur um dich geht. Um dich und deine Vergangenheit.«

»Ich gebe etwas von mir preis, während du fast alles für dich behältst.«

»Ich komme nicht zu Wort, und es interessiert dich auch gar nicht.«

»Gut, gut, dann bin ich ein schlechter Mensch. Entwerte mich ruhig. Du bist wie dein Vorgänger. Er hat mir die gleichen Vorwürfe gemacht.«

Es traf ihn jedesmal, mit Erdal verglichen zu werden.

Nach einer Pause, in der wir schwiegen und mein Kieferschmerz abnahm, war mir auf einmal das Geburtserlebnis, die Situation mit Johanna im Kreißsaal zum Greifen nah. Ich hasste nichts mehr, als wenn ich in einem Bericht unterbrochen wurde. Verließ mein Zuhörer die Geschichte, ging meine Funktion als Erzählerin kaputt. Meine Erzählstimme klang aus. Was eben noch vergnüglich gewesen war, war jetzt schmerzliche Erinnerung.

»Ich werde ihr nachreisen«, sagte ich und meinte das Gegenteil.

So sehr ich Johanna vermisste, so erleichtert war ich gewesen, als Erdal die Verantwortung für sie übernahm. Ihr Verschwinden war auch erlösend gewesen. Nach dem Druck von Schwangerschaft und Geburtswehen kam es mir nicht ganz ungelegen.

»Ich hätte mir gewünscht, nach Johannas Geburt von Vater besucht zu werden«, sagte ich, ohne mich noch an Tom zu richten.

»Du bist klaghaft«, hörte ich Tom sagen. Mir war so, als hätte es Erdal gesagt. In mir war eine verletzte Stille, ich war schon einige Nächte hintereinander wach gelegen. Und mir schien, als wäre die Wirklichkeit eine farbige und schrille Bühne. Es war wie ein Witz, zu hören, dass Tom in ein paar Tagen nach Amerika fliegen würde. Er würde an einem Kongress über Psychosenforschung teilnehmen, an einem Workshop über *präsuizidales Verhalten*. Wie verhält sich ein Mensch, ehe er sich dem Nichts überantwortet?

»Der Tod«, sagte Tom, »ist für mich die absolute Ungewissheit.«

Er hatte in Wahrheit geschwiegen. *Mein* Tom in mir, der, als den ich ihn sah, hatte gesprochen.

Ich warf einen verzagten Blick auf ihn. Wenn ich mich nicht bald von hier fortbewegte, würde alles im Chaos enden. Das Chaos lag in Toms Armen und hieß wie ich.

»Verzeih«, stammelte ich, »ich bin so selbstbezogen …«

Meine Wörter dehnten sich in diesem Augenblick wie Kaugummis, meine Stimme war nachgiebig und weich und zog sich zugleich in alle Richtungen, einem Urknall gleich. Ich stellte mit Zufriedenheit fest, wie er hinter mir anschwoll, wie ihn die bloße Berührung meines Rückens entflammte.

»Sarah«, sagte er nicht, sondern flüsterte mit veränderter Stimme, knisternd, aber erstaunlich kontrolliert: »Meine geile Sarah, du Süße …«

Ich war wieder ganz williges Objekt, das seine Fehler bereute, Kind an seiner Brust. In seinem Brustkorb trommelte das Herz. Ich hätte es gern ausgeschaltet. Ich ließ mich fallen, war in einer Kleinmädchenhaut geborgen, wie unter feuchten Flügeln begraben. Ich beteuerte ihm, nur noch ihn zu lieben und für ihn sogar zu sterben.

Nichts schreckt einen Mann mehr ab, als wenn eine Frau ihm etwas vorzieht. Ich durfte Tom nicht zeigen, wenn mir meine Karriere oder Johanna wichtiger war als er. Meine Tränen benetzten seine sommersprossige Haut. Unter seinen schneller werdenden Stößen wurde ich leicht. Ich dachte an die Natur, das Rauschen eines Baches, den Blick auf

Wiesengrün, an felsig verkarstetes Land und eine scharfwürzige Note, eine Prise der Sehnsucht in kalter Gebirgsluft …

»Oh, ich liebe dich!«, rief ich verzückt, »oh ich sterbe!«

Der Säuglingsgeruch war unter Toms Geruch erstickt.

Damit blieb nichts zurück von dem Gemisch aus Erinnerungen. Eine alte Sehnsucht stieg mir auf, wie Morgennebel aus einer Talebene. Ich roch und schmeckte in Tom das Vertraute, lang vor ihm Dagewesene.

9

Die Zeit des Zusammenseins dehnte sich aus, und immer ähnlicher wurde es der Liebe. Wir schaukelten in Hängematten in Toms Garten. Er hielt meine Hand. Die Hängematten waren zwischen Buchen befestigt und einander nah genug, um Berührungen zu erlauben.

»Mein Bruder hat meinen Vater in die Berge begleitet«, begann ich zu erzählen. »Einmal haben sie eine Skitour gemacht. Vater hat es genossen, beim Gipfelkreuz in der Sonne zu sitzen. So hat er ausgeharrt, bis es dämmerte. Ich habe erst viel später davon erfahren. Damals war ich ein Säugling.«

»Mein Vater sei rücksichtslos gewesen, hat mein Bruder erzählt«, fuhr ich fort, »mehrmals habe er ihn darauf aufmerksam gemacht, wie gefährlich die Abfahrt im Dunkeln sei. Aber Vater hat nicht auf ihn gehört.«

»Und weiter?«

Tom hatte mir während der letzten Tage mehrmals, wenn ich ihn von der Villa aus angerufen hatte, eine Abfuhr erteilt. Er war nach der Rückkehr vom Kongress wieder auf der Männerstation der psychiatrischen Klinik oder auf dem kriminalpolizeilichen Revier beschäftigt und kurz angebunden gewesen. Vielleicht erklärte sich daraus sein intensives Zuhören, als ob er etwas wieder gutzumachen hätte.

»Sie sind bei Dunkelheit mit Tourenski abgefahren. Vater hat sich das Bein gebrochen. Mein Bruder holte Hilfe. Mehrmals ist er gestürzt, da er im Schuss fuhr. Er hat sein Leben riskiert. Es war stockfinster, als Leute von der Bergrettung mit einem Schlitten die Stelle erreichten, wo Vater bereits ungeduldig im Schnee hockte. Mein Bruder war damals siebzehn und wurde von Polizisten in Vaters Auto nachhause gefahren. Anschließend hat Vater zu Protokoll gegeben, mit seiner Rettung nicht mehr gerechnet zu haben.«

»Und was ist Schlimmes an der Geschichte?«, fragte der Polizeipsychologe und versetzte meiner Hängematte spielerisch einen sanften Stoß.

»Lass«, fauchte ich und hielt den Schwung mit beiden Beinen auf. Ich stieg aus der Hängematte und stürzte mich auf Tom. Ich versuchte, einen Finger in seine Nasenlöcher zu stoßen. Tom konnte ausweichen. Er gurgelte vor Lachen und umfasste meine Handgelenke.

»Loslassen!«, befahl ich ihm.

Er ließ los. Auch er stand auf, er nahm mich um die Hüfte. Ich legte den Kopf an seine Schulter. Im Haus, während Tom Tee kochte, setzte ich die Geschichte fort.

»Es war die Art, *wie* mein Bruder es erzählt hat. Ihm war der Schock über Vaters Verletzung ins Gesicht geschrieben. Mein Bruder hat alles getan, um Vater zu retten. Und ihm ist nichts anderes eingefallen, als in einem offiziellen Protokoll festzustellen, dass ihn seine Rettung überrascht habe. Mein Vater hat einen ungeheuren Zauber auf uns ausgeübt. Er war ein Sonnenkönig. Doch er nahm nicht zur Kenntnis, dass wir an ihm zugrunde gingen.

»Der Idiot«, pflegte mein Bruder zu sagen, »er bemerkt nicht, was vorgeht. Er sieht nur sich selbst und seine Bedürfnisse.«

In diesem Augenblick, als ich unerwartet einen Finger in Toms Nasenloch steckte und er unter prustendem Gelächter aufschrak und sich entzog, kam mir der Gedanke, mein Bruder wäre auf Grund dieses frühen Erlebnisses Arzt geworden. Mein Bruder studierte Medizin, um Vater beim nächsten Mal besser helfen und ihn sofort retten zu können. Er nahm es aus Reue auf sich, weil er Vater einmal so lang hatte warten lassen.

»Oh Gott«, stöhnte Tom, »musst du mich immerzu necken, Sarah?«

Er gab es mir zurück und haschte nach meiner Nase, wobei er mich mit der anderen Hand im Nacken hielt.

»Let's go to the seaside«, sagte ich auf Amerikanisch. »Am Meer sind wir andere Menschen.«

Ich schloss ihn in die Arme, drückte ihn fest an mich, atmete seinen etwas zu scharfen Geruch. Ich fand mich damit ab, mit Tom zusammen zu sein. Es war besser als allein zu sein. Und in den Winkeln des Bewusstseins wartete ich noch immer auf den unerreichten Mann.

»Ich habe Sehnsucht«, sagte ich und küsste Toms Schläfen, die ich auf Grund geplatzter Äderchen abstoßend fand.

»Wonach?«, fragte Tom und steckte mir seine Hand in die Hose. Sein Blick verklärte sich, wenn er mich ansah. Es war kein Blick mehr, der sich offen in die Welt richtet. Es war der Blick des versonnenen Jägers. Oder eher des Jägers, der mir erlag. Er war in meinen Bann geraten. Er hatte mich *aufgeschlossen* genannt. Manchmal schimpfte er mit mir und nannte mich *affektlabil*. Erdal hatte gesagt, ich würde in der Stimmung kippen. Und alle waren sie stolz auf mich, wenn ich in meinem Beruf etwas erreichte. Ich verstand es, den Männern das Gefühl zu geben, mich zu beherrschen. Es wirkte auf mich so, als meinten sie alle, meine Erschaffer zu sein.

»Ich kann mir nicht frei nehmen.«

»Aber du hast nach den Nachtdiensten am Wochenende einen Tag frei.«

Ich wünschte mir Meergeruch. In Toms Haus hatte es mir noch nie gefallen. Das Mobiliar war wuchtig und distanzlos. Tom bevorzugte ausladende Formen und leugnete seine Vorliebe für große Oberweiten, die ich daraus deutete. Ich wusste nun, wie ich ihn lenken konnte. Ich bot mich ihm an. Ich brauche nicht viel zu tun. Meine klugen Sätze in Kombination mit meiner Figur sind ein verlässlicher Faktor auf dem Weg zum Erfolg.

»Du bist lasziv«, hatte Tom gesagt, und vor ihm andere.

Es ging mir darum, mich vor Vater zu schützen. Psychologisch gesprochen, kam ich nicht aus ohne Mann, um Verletzungen zu kompensieren, die auf Missachtung zurückgingen.

»Also gut«, willigte Tom ein. »Wir fahren diesen Freitag ans Meer.«

Diesmal in eine Bucht. Sanddünen. Kein Privathaus. Ein Hotel. Keine Querverbindungen zu Vater. Durch den Speisesaal, der so groß wie eine Turnhalle war, zog sich ein riesiges Buffet, auf das sich die Gäste stürzten. Im Bett schmiegte ich mich an Tom. Ich hätte nicht zulassen können, dass er einmal ohne Berührung neben mir lag. Er sollte in ständigem Kontakt mit mir sein. Ich brauchte seinen Atem, Geruch, Herzschlag, wenngleich ich alles nicht mochte. Umso mehr drängte ich mich an ihn, je klarer mir aufstieg, dass ich ihn nicht liebte.

Immer wieder überlagerte ein anderes Gefühl die Gewissheit, dass Tom nicht der Richtige war. Eine Sehnsucht, die mich schon am Ziel sehen wollte. Ich hatte keine Lust, nach einem Mann zu suchen. Ich hatte zu viele Männer. Es gab Erdal, mit dem ich verheiratet war. Und Leo, der mein Freund war. Den Polizeipsychologen, mit dem ich derzeit die meiste Zeit verbrachte. Und den unerreichten Mann. Sie alle waren in mir vereint. Ich erzählte jedem von ihnen, dass er der einzige sei. Und jeder glaubte mir und konnte sich nichts anderes vorstellen.

Mich mit Tom zu betäuben, befreite mich von dieser unersättlichen Sucht, *glücklich werden zu müssen*. Im Leben ist Glück nicht haltbar.

»Liebst du mich?«, fragte Tom mit kindlich hoher Stimme.

»Was glaubst denn du?«, ahmte ich seine gewohnte Antwort auf diese Frage nach.

Er erschien beruhigt und schob sich erneut in mich. Ich wollte, dass er zum Scheusal wurde, sich angesichts meiner Lust vergaß. Er nannte mich ein *geiles Stück*; ich triumphierte über seine guten Manieren. Den Kampf gewann diesmal ich.

»Sprich zu mir«, bat ich ihn atemlos.

»Es ist geil mit dir, ich bin so scharf ...«

Seine Stimme war dünn und zerging mir auf der Haut, rann wie Schweiß an mir hinab. Doch das Verlangen und die Sehnsucht wurden nicht gestillt.

»Du kannst ruhig schreien«, flüsterte Tom und stieß mich rhythmisch.

Ich krallte mich ins Laken und schrie. Ich wand mich neben Tom, der sich von hinten in mich rammte. Er rollte mich auf den Bauch und erdrückte mich fast. Mit dem anderen Mann wäre es umso schöner gewesen; dessen Penis hätte ich härter und heftiger wahrgenommen; es hätte unter ihm beinah weh getan, was jetzt durch Tom nicht mehr als ein Vorgeschmack blieb, eine Verheißung. Ich versuchte, mehr herauszuholen, indem ich die Gesäßmuskeln anspannte, mich seiner Stimme wie einem Befehl hingab, mich unterordnete, mich völlig aufgab und verging.

»I'm dying«, schrie ich, »please stop!«, und presste mir ein Kissen aufs Gesicht, um die Schreie zu dämpfen. Ich wurde heiser, Tom stieß immer wilder, lag wieder seitwärts gedreht und arbeitete von hinten an meinem Fleisch, formte mich, schuf mich, und ich war flüssig in seinen Händen, ja, tatsächlich.

»Hör auf, hör auf«, flehte ich und trieb ihn damit nur noch mehr an.

Immer schneller ging es, und härter, heftiger; ein Handgemenge, als ich begann, mich zu wehren; ich wollte entwischen; er hielt und fixierte mich, und ich lachte und weinte. Auf einmal war ich stumm und ließ mich treiben. Als tauchte ich, von der Strömung getragen, unter Wasser in einem See, im Meer, zwischen Korallen, und plötzlich erfasste mich Neptun und spießte mich mit dem Dreizack auf. Und Fische schwammen in meinen Unterleib und tummelten sich wie in einem Aquarium, ich fühlte den Schlag ihrer Flossen, Vibrationen …

Ich strandete auf Toms Brust, hörte sein Herz wie wild pochen, und wusste, das Gewitter war vorüber. Ich atmete auf. Was sollte ich sagen oder tun? Am liebsten wäre ich in ihn eingesickert. Ich wäre sein Magensaft geworden. Er tippte mit seinen Fingern an meinen Schläfen.

»War es schon jemals so?«, fragte er.

»Noch nie«, keuchte ich in seinem Schweißgeruch.

Es beruhigte mich, seinen Geruch nicht zu mögen. Alles andere hätte mir Angst eingejagt. Ich war froh gewesen, als mich der unerreichte Mann gleich nach dem Beischlaf verließ. Es war wie das Anhalten eines Films an seinem Höhepunkt. Oder wie Aufgefressenwerden durch die Schwarze Witwe. Bei Tom und mir konnten nur Banalitäten folgen. Die Wirklichkeit holte uns ein.

Er verschwand ins Bad, um sich zu waschen. Er war außerhalb von mir gekommen und hielt Unsauberkeit nicht aus. Wir gingen zum Abendbuffet. Wir schlenderten am Meer entlang, rochen die salzige Luft voller Versprechungen. Ich legte den Kopf an seine Schulter, in der Dunkelheit sah ich nicht, dass er es war, und es war gleichgültig, Hauptsache, jemand hielt meine Hand und verhieß glaubhaft, mich zu lieben.

Mich einem Mann restlos auszuliefern, bedeutete, Macht über ihn zu haben. Denn Männer pflegen sich beim Sex selbst zuzusehen und ihre Leistungen zu bewerten. Tom hatte sich gute Zensuren erteilt. Ich war das Pferd, auf das er setzte. Ich brachte ihn ans Ziel.

III

I

Der Intendant hatte mir auf meiner Mailbox die Nachricht hinterlassen, die nächste Ausgabe von *Annette und Sarah* als Bewährungsprobe für mich anzusehen. Aus seinem Ton war zu schließen, dass er danach Annette die Solomoderation übertragen wollte. Es war sein ursprüngliches Vorhaben gewesen, und er hatte sich lediglich am vermeintlichen Publikumsgeschmack orientiert, als er mich akzeptiert hatte.

Die zweite Ausgabe von *Wenn Verwirrte verschwinden* präsentierte eine Auswahl jener Personen, die sich bei der Hotline gemeldet hatten. Die Dramaturgie war so aufgebaut, dass ich erst in der Live-Übertragung mit diesen Leuten zusammentraf. Ich hatte Vater seit zwanzig Jahren nicht mehr gesehen, kannte aber von einer Aufzeichnung der Staatspreisverleihung sein ungefähres Aussehen, wenngleich das auch schon wieder rund zehn Jahre zurücklag. Fünf Männer gaben sich als mein Vater aus. Einer wurde im Rollstuhl geschoben, einer ging mit Krücken, drei konnten sich ohne Hilfe fortbewegen. Sie waren mit Nummern versehen wie bei einer kriminalpolizeilichen Täterermittlung durch Augenzeugen. Ich schritt die Männer wie ein Gardeoffizier seine Soldaten ab.

Es handelte sich um offenkundig Verwirrte, die sich einbildeten, mein Vater zu sein. Sie brachten Episoden unserer gemeinsamen Lebensgeschichte, schilderten, wie ich als Säugling und Kleinkind ausgesehen hätte und führten typische Gewohnheiten von mir an. Einer berichtete, wie ich mich im Wald verirrt hätte und schließlich tränenüberströmt von ihm gefunden worden sei. Der Rollstuhlfahrer, den ich als ersten fragte, weshalb er glaube, mein Vater zu sein, gab als einziger zu, zwar nicht mein Vater zu sein, aber mir das Angebot machen zu wollen, mit ihm nachzuholen, was ich mit meinem Vater versäumt hätte.

Der Intendant feuerte mich mit der Bemerkung, die Show sei deprimierend gewesen. Eine Tageszeitung schrieb von einer erfreulichen Anhebung des Niveaus in der Nachmittagsunterhaltung. Die Recherche nach einem Verschwundenen und die öffentliche Thematisierung von Demenzerkrankungen wurde gelobt. Die Einschaltquote war drastisch gesunken. Seither läuft die Show unter dem Titel *Annette und Freunde.*

Es waren noch andere Leute in der Show gewesen. Ein Pärchen, das meinen Vater im Kräuterdampfbad eines Kurbades und eine Hausfrau, die ihn gar beim Verlassen eines Swinger-Clubs gesehen haben wollten. Letztere sagte, sie habe zum Zeitvertreib aus dem Fenster geschaut und ihn erkannt. Sie hielt ein Exemplar von *Die Geode* in die Kamera.

»Ein Ausbund an Geschmacklosigkeit«, urteilte der Intendant, »man hätte dieser Verrückten den Mund stopfen müssen.« Der Ruf meines Vaters wäre ruiniert worden, hätte man sie ernst genommen. Tom meinte, es handle sich bei der Fensterguckerin um eine paranoide Persönlichkeit mit produktiven Wahnsymptomen. Solche Leuten fühlten sich für alles zuständig und stets angesprochen. Die Studiogäste waren einem Test unterzogen worden. Die Frau hatte beim Casting den Swingerclub nicht erwähnt.

»Warst du schon mal in einem Swingerclub?«, fragte Tom.

Ich schüttelte den Kopf.

»Für Frauen ist der Eintritt frei.«

»Du bist wohl Experte.«

»Was redest du für Unsinn«, stöhnte Tom.

Er sagte, ich sei manchmal äußerst anstrengend. Seit dem Hinauswurf aus dem Fernsehsender hatte mein Ansehen bei ihm gelitten. Er schien meine Abhängigkeit erkannt zu haben; dass ich ohne männlichen Fixpunkt nicht leben konnte.

Ich fuhr mit dem Linienbus.

Es begann zu regnen. Aus einem Frisiersalon duftete es nach frisch gewaschenem Haar. Ich hörte das Zischen, als jemand mit Taft besprüht wurde. Ich wusste, dass der *Frisiersalon Otto* nach seinem ursprünglichen Besitzer benannt war. Er hatte sich in den siebziger Jahren mit Ende zwanzig erschossen. Es war Vaters Stammsalon gewesen. Wenn ich mich weiterhin in Vaters Bett hätte legen können, hätte ich keinen Mann gebraucht, kam mir ein Gedanke. Ich begegnete auf der Treppe der Nachbarin, und wieder trug sie schwere Einkaufstaschen. Sie schleppte sich mit ihrer Last hinauf und wich zur Seite, als ich mich an ihr vorbeischob. Ich hätte ihr sonst beim Tragen geholfen. Oben hörte ich durch die Wohnungstür Wasserrauschen.

Als ich aufgeschlossen hatte, erblickte ich im Bad am Ende der Diele einen Mann mit nacktem Oberkörper. Er stand mit dem Rücken zu mir vorgebeugt am Waschbecken und drehte sich halb zu mir um. Er hatte sich das Kinn eingeschäumt und war mitten in einer Nassrasur. Ich kannte ihn. Aber mir wollte nicht einfallen, wo ich ihn gesehen hatte. Ich war eingetreten und hatte die Tür hinter mir zugezogen. Er kam mir durch die Länge des Ganges entgegen und streckte mir seine Hand entgegen. Sie war warm und feucht.

»Wer sind Sie?«, fragte ich.

»Wir kennen uns aus dem Geriatrischen Krankenhaus«, erwiderte er.

Es war der Pflegehelfer, der mir Vaters Wohnungsschlüssel gegeben hatte.

»Darf ich fragen, was Sie hier tun?«

Er hatte sich Vaters Schlüssel nachmachen lassen. Ich schaute ihm ins Gesicht. Langsam stieg die Enttäuschung in mir auf, da sich so die geheimnisvollen Veränderungen erklären ließen. Ich konnte nicht länger im Bewusstsein, Vater wäre hier gewesen, in die Wohnung gehen. Die Spuren stammten nicht von ihm.

»Ich habe Orangenschalen gefunden«, sagte ich.

»Oh – ja, Entschuldigung.«

»Und Apfelschalen ...«

Ich war ihm ins Bad gefolgt, wo er sich den Rasierschaum abwischte. Eine Schwarze saß in der Wanne.

»Sie arbeitet im Reinigungsdienst auf unserer Station«, sagte er, »und ich kann sie nicht zu mir nachhause mitbringen. Ich lebe bei meinen Eltern.«

Ich war bestürzt.

Nicht wegen einer Farbigen in Vaters Badewanne. Während der Wasserspiegel in der Wanne beständig sank, sah sie kuhäugig zu uns auf und schien kein Wort zu verstehen. Auf ihrer braunen Haut perlten Abertausende von winzigen Tropfen. Sie war viel zu attraktiv für den Kerl.

»Ich bitte Sie jetzt, zu gehen«, sagte ich.

Der Pflegehelfer deutete seiner Freundin, aus der Wanne zu steigen. Er reichte ihr eines von Vaters Badetüchern. Ich erkannte es wieder. Er hatte es wie einen bodenlangen Rock umgewickelt gehabt, wenn er abends wortlos zwischen seinem Zimmer und dem Bad hin und her ging, ohne Blick für uns.

2

Die letzte Hoffnung war dahin. Nun war es aus mit dem Liebesnest. Vater blieb verschwunden. Emilia kam aus Italien zurück. Sie war mit einem Psychologiestudenten auf Kongress gewesen. Die Therapie bei Zorn hatte anscheinend bereits nach kürzester Zeit bewirkt, dass sie sich wieder als Studentin engagierte.

Männer benützen Frauen. Frauen lassen es zu. Mutter hatte es geradezu provoziert. Unser Bruder hatte ihr vorgeworfen, schuld an Vaters Unselbständigkeit zu sein. Tom hatte in diesem Zusammenhang von der *Macht des Opfers* gesprochen. Ich hatte das Gefühl, von Tom ausgesaugt zu werden. Frauen genießen die Abhängigkeit ihrer Männer und schlagen einen Gewinn daraus. So beziehen sie ihren Wert.

Wenn mich kein Mann piesackt, fühle ich mich geradezu nutzlos. Als Mutter die Welt zu Füßen lag – durch das Engagement ihres Sohnes hatte sie erfolgreich eine Alkohol-Entzugstherapie absolviert – und sie sich jede Freiheit herausnehmen hätte können, begann sie in ihren eigenen vier Wänden, fern von ihrem Mann, erneut zu trinken.

In der Herrengasse begegnete mir Annette mit einer Freundin. Sie ließ die Freundin stehen und fragte, ob ich mit ihr auf einen Kaffee gehen wolle. Wir gingen ins Sacher. Sie lud mich ein.

»Es tut mir leid wegen dieser Sache«, sagte sie.

»Braucht es nicht«, gab ich zurück.

»Kann ich etwas für dich tun?«, fragte sie und wollte wissen, wo ich jetzt arbeitete. Ich hatte mich mit meiner früheren Arbeitsstelle noch nicht in Verbindung gesetzt. Ich spielte mit dem Gedanken, Johanna nachzureisen.

»Ich muss zu meinem Kind in die Türkei.«

»Na dann gute Reise.«

Zum Abschied drückte sie mir freundlich und bedauernd die Hand. Sie konnte erfolgreich werden. Auf der Straße wurde sie erkannt. Auch mich hatten Jugendliche um ein Autogramm angesprochen. Bald würde ich vergessen sein.

Ich ging gemächlich dahin, schlenderte wie in Zeitlupe durch die Kärntner Straße, bog rechts ab und trat in den Burggarten. Ich begriff, dass das Leben die Einladung zu einem Spiel, zu vielen Spielchen war. Ich hatte die Einladung angenommen. Wann immer ich freudlos war und litt, es war doch wie ein Geschenk für mich, so vieles zu erfahren. Und ich verstand jetzt meinen Vater, der sich gegen uns Kinder abgegrenzt und verschlossen hatte, wie ich gegenüber Erdal und Johanna, die ich unendlich vermisste. Nur war ich, so hätte Tom vermutlich gesagt, zu wenig in Kontakt mit mir selbst, um das über wenige Augenblicke hinaus zu spüren. Ich brachte einige Zeit im Burggarten auf einer sonnigen Bank zu und blätterte in seinem Manuskript.

Tom schickte eine SMS nach der anderen, wo ich nur sei. Vielleicht hielt er mich für selbstmord- oder psychosegefährdet. Ich verspürte zum ersten Mal den Mut zu leben. Die Männer bisher waren Vorsichtsmaßnahmen gewesen, um nicht genau hinzusehen, mich zu blenden, abzulenken. Oh Gott, meine Schutzbrille war abgefallen! Ich war geblendet von Licht!

»Und die hysterischen Anfälle«, sagte ich am selben Abend im Schlosspark Schönbrunn zu Emilia, »waren Ausdruck meines Unvermögens. Ich konsumierte zwanghaft Männer, hatte immer eine feste Beziehung, du kennst mich doch!«

»Mir scheint, du bist ein bisschen überdreht«, sagte sie.

»Weil ich mich freue«, rief ich aus, »dass ich es doch noch erkannt habe: Ich brauche keinen Mann!«

Emilia zögerte und schien nachzudenken. Sie trug eine goldene Stoffjacke und zog die Stirn kraus. Sie blickte zu

Boden. Um den Hals lag ihr ein silberner Glitzerschal, sonst wäre es nicht Emilia gewesen. Plötzlich fuhr Bewegung in sie. Die Falten werfende Jacke spannte sich auf ihrem drallen Körper.

»Halleluja!«, rief sie aus, fasste mich an den Händen, und wir wirbelten wie Kinder beim Ringelreihen unter verzückten Aufschreien im Kreis.

»Juche!«, schrie Emilia mit einer Inbrunst, als hätten wir einander noch nie leiden gesehen. Anschließend wollten wir uns belohnen. Kino oder Eis? Plötzlich verlor ich den Atem. Mir war angst und bang zumute. Sie nahm an, dass es wieder wegen meines Vaters sei. Und um unser beider Vaterproblem nicht zu verstärken, trennten wir uns.

3

Das Verlangen nach dem Vater, das Frauen auf ihre Liebhaber und Männer umlenken, war noch da. Es erfüllte mich mit Freude und Traurigkeit. An Vaters Schreibtisch begann ich, seine Briefe zu beantworten. Nie hätte ich es Vater zu lesen gegeben. Ich überlegte, ob ich in den Kleiderschrank sollte. Ich musste bei der Vorstellung lächeln. Wie eine Verbrecherin war ich eingestiegen …

Ich ging ins Bad und ließ Wasser in die Wanne laufen. Einen Vorteil hatte es, den Pflegehelfer und seine schwarze Braut hier gesehen zu haben. Es hatte die Wohnung gewandelt. Ich bewegte mich ungezwungener. Ich sah dem rinnenden Wasser zu und hielt den Fuß hinein. Ich hörte mein Handy und reagierte nicht. Mir gefiel die Vorstellung, dass an der Wanne noch Körperschweiß der Schwarzen haftete. Das Email hatte sie umgeben, wie es jetzt mich umgab. In diesem Gehäuse konnten wir verschmelzen. Und dabei beließ ich es, denn in Wirklichkeit mit einer Frau zu schlafen, wäre mir nicht eingefallen. Ich malte mir bloß Szenen aus, und es blieb bei Zeichnungen, so wie ich früher im Schulunterricht Skizzen gemacht und wieder ausradiert hatte. Bei der Durchsicht des Manuskriptes war mir vorgekommen, als wäre *Sarah* eine Erfindung. Vater hatte mich ausgeheckt. Er war mein Schöpfer. Ich ging auf seinen Einfall zurück. Plötzlich setzte bei mir das Bewusstsein ein, dass Vater irgendwo außerhalb des Lebens an einem Schreibtisch Platz genommen und an mir zu schreiben begonnen habe. Er schrieb mein Leben. Wie oft hatte ich den Augenblick verwünscht, in dem sich meine Eltern vereinigt hatten! Hätten sie es nur gelassen, ihrer Geilheit nicht nachgegeben! Mein Vater und Geilheit. Das war aber nicht vorstellbar.

Ich rieb mich an der Wanne, schloss die Augen und stellte mir die Schwarze vor. Sie war es, an die ich mich schmiegte.

Das Handtuch, an dem sie sich getrocknet hatte, lag bereit. In diesem Handtuch vermengten sich Zeiten und Kulturen. Vater und eine Farbige fanden in mir ihren Höhepunkt. Ich rieb mich trocken, bis meine Haut brannte. Neuerdings war ich erinnerungsfrei. Der Hinauswurf aus dem TV-Sender hatte eine positive Wirkung. Ich fühlte mich gereinigt und verjüngt.

Stechende Kopfschmerzen, ein Migräneanfall. Ich musste mich am Wannenrand festhalten. Ein Traum. Vater wurde ermordet. Der Pflegehelfer und die Schwarze überraschten ihn in seinem Bett. Sie erdrosselten ihn mit einem Stromkabel. Sie schnitten ihm das Herz heraus, so wie man Löwenzahn sticht, indem sie die Messerklinge rundum führten. Der Schmerz ließ nach. Ich spürte nur noch ein Greifen, als tastete Johannas kleine Hand nach meinem Hirn.

»Dein Herz liegt auf einem Tablett«, schrieb ich an Vater. »Eine Schwarze reicht es mir. Ich betrachte es. Ich graviere meinen Namen hinein.«

Schon wieder läutete es. Ich nahm den Anruf entgegen, hatte das Handtuch um die Hüften gelegt, fühlte gleichermaßen ihn und sie in mich einsickern.

»Hallo«, sagte Tom. »Ich bin's. Was machst du?«

Es klang besorgt.

»I'm fine. Ich bin bei Vater.«

Tom schwieg. Ich meinte, dass er aufgelegt hatte und wandte mich wieder meinem Brief zu.

»Ich breche dein Herz auf, Vater, sprenge es in zwei Hälften. In einem Hohlraum ist ein schillernd roter Kristall, Vater, ein ewiges Wunder.«

Es läutete. Und wieder war es Tom.

»Ich muss dich sprechen«, sagte er, »sofort.«

Eine halbe Stunde später erschien er, aufgebracht und verschwitzt. Ich bot ihm an, eines von Vaters Hemden anzuziehen. Doch er lehnte ab.

Tom ließ sich in den Ohrensessel fallen und sagte: »Wir haben ihn.«

Von den Kriminalbeamten hatte er die Nachricht erhalten, dass Vater gefunden worden sei. Ich stellte mir vor, dass es in einem Wald gewesen sei, wo man ihn halb verhungert, mit aufgeplatztem Schädel in einem Bachbett gefunden hatte. Ich kannte derartige Meldungen über geistig Verwirrte aus den Medien.

»Er ist wieder in dem Pflegeheim bei Primarius Graf«, sagte Tom.

Ich erschauderte.

»Und sei vorsichtig mit ihm, er hatte einen Hinterwandinfarkt und wurde reanimiert. Es sieht ganz so aus, als ob er ein Apalliker bleibe.«

Apalliker, musste ich denken, sind Menschen mit abgestorbenen Hirnpartien. Nach einem Herzinfarkt können Menschen apallisch werden. Wenn sie zu spät wiederbelebt werden, ist ihr Hirn zu lang mit Sauerstoff unterversorgt, und so kommt es zum unumkehrbaren Ausfall von Großhirnregionen und damit zum totalen Persönlichkeitsverlust.

Wir fuhren zu Graf, und ich wünschte mir auf der Fahrt, dass es eine Verwechslung sein mochte. Der Taxifahrer schimpfte über den Abendverkehr, während Tom im Fond meine Hand hielt. Ich sah ihm an, dass es schlecht um Vater stand.

»Hast du ihn gesehen?«, fragte ich.

»Nein.«

»Apalliker«, sagte ich, »das sind doch … Wachkomatöse. Menschen, bei denen man nicht weiß, ob sie je wieder aufwachen werden.«

Tom nickte.

»Und manche liegen jahrelang im Koma, nicht?«

Tom legte den Zeigefinger an die Lippen und schenkte mir einen Blick, der mir Mut zusprechen sollte. Ehe er mich im Foyer des Geriatrischen Krankenhauses allein ließ, bereitete er mich darauf vor, dass ich von Graf oder der Stationsärztin gefragt werden würde, was mit Vater im Falle einer Infektion geschehen solle. Ich verstand nicht, was Tom meinte. Ihm war es unangenehm, sich näher darüber auszulassen. Er gab mir einen Kuss auf die Wange und kündigte an, nun seinen Schwager zu besuchen. Von weitem winkte er mir zu und rief: »Sei tapfer, Mädchen!« – Und: »Du weißt schon, keine lebensverlängernden Maßnahmen! Das wäre herzlos!«

Ich beobachtete durch Glasfassaden, wie er das Areal verließ und auf der Straße mit zunehmender Entfernung immer kleiner wurde. Im Aufzug roch es nach Gummi. Das Krankenhaus war ein futuristischer Bau in rostfreiem Edelstahl, mit Fassaden aus Glas. Farblich überwogen Gelbtöne. An der Station nahm mich besagter Pflegehelfer in Empfang. Als ob sonst niemand zuständig wäre, führte er mich in ein abgedunkeltes Zimmer. Zwei Betten standen dort. Im balkonseitigen Bett tastete ein schnauzbärtiger Greis nach einem Mobile mit klingelndem Herzanhänger. Später erfuhr ich, dass es von seiner Frau war. Er hatte einen Schlaganfall erlitten, war halbseitig gelähmt und konnte nur noch in Silben sprechen. Der Pflegehelfer kündigte an, mit diesem Patienten die Kornährenfeldübung zu machen. Sie war ein Punkt im Programm der Basalen Stimulation. Die Basale Stimulation ist eine spezielle Art der Pflege; es geht dabei um die Beziehung zwischen der Pflegeperson und dem Patienten. Man wollte sie auch meinem Vater anbieten, wenn er sich eingelebt hätte. Ich hatte sofort am Geruch erkannt, in welchem Bett er lag.

4

»Es wäre schön«, sagte die Stationsärztin im Besprechungszimmer, »wenn Sie ein paar persönliche Dinge Ihres Vaters mitbringen könnten. Es fällt ihm dann möglicherweise leichter zurückzukehren.«

»Ist es denn realistisch?«, fragte ich.

»Es ist nicht ausgeschlossen«, sagte der Pflegehelfer, der, so lange ich an Vaters Bett gestanden war, mit dem anderen Patienten eine Gleichgewichtsübung gemacht hatte. Er war dazu in das Bett geklettert und hatte den Mann mit beiden Armen von hinten umfangen. Er hielt ihn um die Mitte und ließ seinen Oberkörper kreisen. Es solle ihm ein Gefühl für sein Körperschema geben, erklärte mir der Pflegehelfer, während sich der Oberkörper des schnauzbärtigen Mannes wie eine Kornähre im Wind neigte.

Diese Übungen wollten sie auch mit meinem Vater machen. Überdies verlangten sie von mir Einzelheiten seiner Lebensgeschichte. Sie vermerkten alles in seiner *biographi-*

schen Anamnese. Erhoben wurde, wie mein Vater, beinah hätte ich gesagt: *zu Lebzeiten*, vor dem Herzinfarkt und der verzögerten Wiederbelebung gewesen war. Alles wurde notiert, seine Geschmacksrichtungen, musikalischen Vorlieben, ob er impulsiv oder phlegmatisch gewesen war. Bei seinem ersten Aufenthalt hatten die Alzheimersymptome seinen Charakter verschleiert.

»War Ihr Vater körperbewusst? Verbrachte er viel Zeit im Bad? Pflegte er einen Bart zu tragen?« Es hing von mir ab, ob man Vater einen Bart wachsen ließ und welche Speisen ihm in den nächsten Tagen auf die Lippen getropft wurden. »Vielleicht erinnert er sich und wacht auf, wenn wir ihm vertraute Reize bieten«, sagte die Ärztin.

Am nächsten Morgen erschien ich pünktlich um sieben. Durch den Korridor kam mir die Schwarze mit einem Schrubbfahrzeug entgegen. Sie machte einen angespannten Eindruck. Diesmal war ein mir unbekannter Pfleger in Vaters Zimmer. Vaters Bettnachbar saß in einem Rollstuhl mit Kopfstütze auf dem Balkon. Als ich kurz hinausging, sah ich, dass in der gelähmten Hand ein grüner Stoffdrache eingeklemmt war. Ich grüßte, ohne Antwort zu erhalten. Der Pfleger rief mich ins Zimmer zurück. Ich achtete noch immer nicht auf meinen Vater, der hoch aufgerichtet, mit weit geöffneten Augen und fragendem Blick im Bett lag.

Ich packte die Sachen aus, die ich auf Anraten der Ärztin mitgebracht hatte. Fotos, die Vater mit Mineralien zeigten, das Buch *Die Geode* und ein paar Kleidungsstücke, die ich auf dem Nachttisch platzierte. Wie einen leblosen Gegenstand betrachtete ich Vater, um mich zu schützen. Ich redete mir ein, dass er optimal versorgt werde und bestens aufgehoben sei. Der Pfleger bot mir an, der nun erfolgenden Basalen Stimulation beizuwohnen. Ich könnte beim nächsten Mal auch mitwirken.

Der Pfleger stellte sich meinem Vater mit Vornamen vor und nannte ihm Datum, Uhrzeit und Wetterlage. An mich gewandt, erklärte der Pfleger, dass man davon ausgehe, Patienten im Wachkoma könnten alles hören und verstehen.

»Wachkomatöse kommunizieren anders, sehen Sie!« –

Der Pfleger deutete auf eine Kanüle in Vaters Hals. Zur Atemunterstützung war seine Luftröhre durchlöchert und die Kanüle eingesetzt worden. Zellstoff lag unterhalb, und beständig tropfte Schleim heraus. Vater konnte den Schleim nicht selbständig aushusten. Und sobald er unter Hustenreiz litt, krachte es, und Schleim quoll hervor.

»Gehen Sie aus der Schussrichtung«, riet mir der Pfleger, »sonst trifft Sie noch bei einem Hustenanfall sein Schleim.«

Ich wich zur Seite, stand nahe der Tür, fluchtbereit.

Nein, das dort im Bett war nicht mein Vater! Das dort im Bett musste eine Puppe sein, die ihm ähnelte. Sein Gesicht war eingefallen, die Haut fleckig, um die Mundwinkel rot. Er war viel magerer, als ich ihn von der Staatspreisverleihung in Erinnerung hatte. Er keuchte. Sein Brustkorb hob und senkte sich hektisch, während der Pfleger erste Handgriffe an ihm setzte. Es nannte sich eine beruhigende Waschung. Jeder Körperteil wurde meinem Vater erklärt.

»Das ist Ihr Ringfinger und das Ihr kleiner Finger«, sagte der Pfleger und umfasste jeden Finger von beiden Seiten mit feuchten Lappen.

Er sagte, Vater müsse seine Grenzen spüren.

Da fiel mir ein, ich hatte die Mineralien vergessen. Ich hätte ihm Geoden bringen können. Es waren seine Lieblingssteine. Sie hätten ihn zurückgeholt. Doch ich fühlte mich selbst versteinert angesichts Vaters Verwandlung. Er war unter uns, doch unerreichbar. Ich hätte hingehen und alles mit ihm anstellen können, wovon ich geträumt hatte. Er konnte sich nicht wehren.

»Kommen Sie«, forderte mich der Pfleger auf und wollte mich dazu bringen, die Waschung fortzusetzen. Ich hätte meinen nackten Vater gesehen! Ich hätte Vater gesäubert!

Ich stürzte aus dem Zimmer und lief an Patienten in Rollstühlen vorbei in die Teeküche. Dort riss ich ein Fenster auf und klammerte mich an den Anblick von Menschen in Straßenkleidung, die ich über den Hof gehen sah.

5

Tom sagte, mein Vater sei in alpiner Region aufgefunden worden. Genau genommen auf einem Steilhang. Neben ihm lag eine skelettierte Gemse. Wie er dorthin gekommen war, und wie lange er schon dort gelegen hatte, konnte man ihn nicht fragen. Noch an der Fundstelle war er reanimiert worden. Ein Hubschrauber hatte ihn ins Krankenhaus gebracht. Das sei kurz nach seinem Verschwinden gewesen. Auf der Intensivstation hatte man Vaters Identität erst jetzt durch den Hinweis einer Schwester klären können. Sie hatte die zweite Ausgabe von *Wenn Verwirrte verschwinden* im Fernsehen gesehen.

»Glaub mir«, sagte Tom beim Kaminfeuer, »auf der Station quälen sie ihn nur noch unnötig. Ein Mensch mit Großhirndefekt ist so gut wie tot. Er kann nur noch atmen, aber seine Eigenschaften und Fähigkeiten sind verloren.«

»Die Ärztin meinte, dass sie ihm eine Chance geben wollen«, entgegnete ich.

»Was denn für eine Chance?«, brauste Tom auf, »er vegetiert nur noch. Es ist grausam, das mitanzusehen.«

Anderntags wurde ich von der Station aus angerufen. Der Pfleger, der Vater gewaschen hatte, benötigte meine Einverständniserklärung zum Legen einer PEG-Sonde. Diese Sonden führen durch die Bauchdecke direkt in den Magen. Die Nasensonde war entfernt worden, die andere sollte durch einen chirurgischen Eingriff installiert werden.

»Sie ernähren ihn künstlich«, schimpfte Tom, als ich ihm davon erzählte, »sie verlängern sein Leid. Man sollte mit ihm nach Holland fahren.«

Statt nach Holland oder Belgien fuhren wir in Vaters Wohnung. Ich holte die prachtvollste Geode aus einer Vitrine. In Vaters Krankenzimmer war ich erstmals mit ihm allein. Sein Bettnachbar fütterte einen wolfsartigen Therapiehund mit Trockenfutter und war dazu in den weitläufigen Aufenthaltsbereich geschoben worden. Als ich eintrat, wurden Vater von einem Tonband Naturgeräusche vorgespielt. Die Tür zum Balkon stand weit offen. Die Morgensonne schien herein. Vater war hoch aufgerichtet, die Kissen in seinem Rücken waren aufgestellt.

»Hallo«, sagte ich.

Vaters Mundwinkel zuckten. Die Haut war noch immer gerötet. Ich beugte mich näher zu seinem Gesicht, um ihn zu riechen. Ich fürchtete, aus der Halskanüle könne Schleim schießen, und als es wieder lauter zu krachen anfing von der austretenden Luft, wich ich zurück. Der Pflegehelfer, der in Vaters Wohnung gewesen war, kam herein.

»Ich werde ihn ein bisschen massieren«, sagte er.

Er stellte sich neben Vaters Bett und streifte einen Ärmel des Anstaltshemdes hinauf. Er begann, Vaters Unterarm zu massieren.

»Keine Angst«, sagte er, als er mich bei der Tür stehen sah. Er forderte mich auf, näher zu kommen. Das Schlimmste sei, gegenüber Wachkomatösen untätig zu sein.

»Kommen Sie«, sagte der Pflegehelfer und hob Vaters linke Hand hoch. Ich streckte den Arm aus. Ich fasste nach Vaters Hand. Sie fühlte sich warm und weich an. Ich beugte mich nieder und küsste seinen Handrücken. Der Pflegehelfer sah eine Weile zu und ließ uns dann allein. Eine Träne rann Vater über die Wange.

Später sagte die Ärztin, dass man nicht wisse, ob Wachkomatöse Empfindungen hätten. Doch es sähe manchmal ganz danach aus. In von Pflegepersonen schriftlich erstellten Berichten sei des öfteren das Vorkommen einer Träne vermerkt. Das Pflegepersonal sei sich allerdings nicht sicher, ob es sich um einen Gefühlsausdruck oder ein physiologisches Phänomen handle. In einer Teamsitzung, zu der ich eingeladen war, wurde die Situation diskutiert. Eine Physiotherapeutin bot sich an, mit Vater Übungen zu machen.

»Erst warten wir ab, bis er sich eingewöhnt«, sagte die Ärztin. »Er hat einen Harnweginfekt. Ich will ihn noch ein bisschen beobachten.«

»Auf die Naturgeräusche, die wir ihm vorspielen, scheint er anzusprechen«, sagte der Pfleger, der Vater gewaschen hatte, »auch wenn jemand zur Tür hereinkommt, produziert er vermehrt Schleim.«

Die Schleimproduktion wurde als Vaters Art gedeutet, sich verständlich zu machen. Das Pflegepersonal bezeichnete es als Vaters neue Sprache.

»Wir werden ihm Minnesang vorspielen«, sagte eine kleine magere Schwester und wandte sich an mich: »Sie sagten, er hörte gern Minnesang?«

»Als ich ein Kind war«, sagte ich.

Die Ärztin blätterte in der Krankengeschichte.

»Wie machen wir weiter? Wollen Sie ihn massieren?«, fragte sie mich plötzlich.

Es ging um die Aufgabenverteilung. Jeder aus dem Team sollte einen bestimmten Part übernehmen. Die Physiotherapeutin wollte ab der folgenden Woche mit Vater trainieren. Zum Trainingsprogramm gehörten Aufsitzen im Bett, Gleichgewichtsübungen, Kornährenfeldübung, taktile, haptische, olfaktorische Stimulation, und Gesichtsmassagen, um das Zucken von Vaters Mundwinkeln in den Griff zu kriegen.

»Meinen Sie, dass er etwas dagegen hat, wenn ich ihn im Gesicht massiere? Ist ihm das unangenehm?«, fragte mich die kurzgeschorene platinblonde Physiotherapeutin. Sie trug einen Trainingsanzug und lobte jeden Wachkomatösen schon beim geringsten Fortschritt. Auch Vater wurde in der folgenden Teamsitzung fast euphorisch gelobt. Ich war zu seinem Sprachrohr geworden und gab die Erlaubnis zur Gesichtsmassage. Ich wollte eigentlich zuschauen, hatte es dann aber nicht einmal in der Vorstellung ertragen. Ich konnte ihn nicht mit der Stirn an ihrer Schulter lehnen sehen, mit schlaff herunterhängenden Armen wie ein Hampelmann.

Der Harnweginfekt war überstanden. Vater sprach angeblich gut auf die ihm gebotenen Reize an. Jetzt ging es darum, eine veränderte Reizkulisse zu schaffen. Er sollte *rollstuhlmobilisiert* werden.

»Das ist eine Qual für jeden Komapatienten«, hatte Tom gesagt. »Deinen armen Vater werden sie stundenlang aufrecht an den Rollstuhl schnallen und mit ihm ausfahren wie mit einer Puppe!«

Er war aus dem Haus gestürzt und hatte mir zugerufen, das nicht länger zu unterstützen. Ich musste von nun an selbständig zum Geriatrischen Krankenhaus. Im Autobus erkannte ich Vaters Wohnungsnachbarin wieder. Sie wirkte in dieser Umgebung gelöster und lockerer als im Treppenhaus.

Ich erzählte ihr von Vaters Lage.

»Er war nicht verwirrt«, sagte sie, »wohl etwas launisch. Sie kennen das.«

Ich wollte herausfinden, wie es zur ersten stationären Unterbringung gekommen war. Ein Hausbewohner hatte laut Aufnahmebericht des Krankenhauses die Rettung verständigt.

»Ich war es nicht«, sagte die Frau und stieg aus.

Ich fuhr weiter. Es war ein lauwarmer Frühlingstag. Eine Erinnerung kehrte wieder, in der Vater mich von der Schule abholte. Ich lief ihm mit klopfendem Herzen in die Arme. Er trug einen grauen Wintermantel, der wie struppiges Fell war. Ich umarmte diesen Mantel viele Male, als er im Kleiderschrank hing. Vater holte mich nur selten von der Schule ab. Ich hatte angenommen, dass es der Anfang einer Liebe sei. Ich hätte alles für diese Liebe gegeben. Ich liebte niemanden so sehr wie Vater.

In *Sarah* schrieb er an seine gleichnamige Brieffreundin, dass er nicht an sie herangekommen sei. Mit ihrem schönen Körper sei sie ein Verbot. Sarah sei da und doch unerreichbar. Er habe keine Wahl und müsse sich gegen die Laune der Natur verschließen, zumal es eine trügerische Laune sei.

Diese Zeilen zu lesen, war für mich so, als blickte ich in einen Kristall, worin das Licht tausendfach gebrochen wurde. War ich gemeint? Sollte die Namensgleichheit den Leser auf eine falsche Fährte locken?

Ich hatte sowohl Vaters Manuskript als auch die schönste Geode bei mir, als ich auf die Station kam. Ein halbseitig gelähmter Mann zuckte freundlich mit Augen und Mundwinkeln, sobald er mich erblickte. Er sagte langsam: »Guten Tag«, nachdem ich ihn begrüßt hatte. Seit er einen Speziallöffel mit übergroßem kugelförmigen Griff benutzen konnte und selbständig seine Breikost aß, war er offen und gesprächig. Ich betrat Vaters Zimmer. Er war allein und starrte zur gelb gestrichenen Decke. Die Decke hatte vorgewölbte Strukturen, um die Rindenblindheit zu vermeiden, die laut Ärztin bei Wachkomatösen häufig sei. Durch die stete Blickrichtung nach oben erblindeten viele nach einiger Zeit.

Ich näherte mich meinem Vater. Er lag flach im Bett. Ich berührte sein noch immer volles Haar. Ich neigte mich vor und atmete dankbar seinen Geruch.

»Du hast mich nicht verlassen«, sagte ich, »du herzloses Scheusal.«

Mir fiel plötzlich ein, dass ich mich zu ihm legen könnte. Was sollten die Pfleger dagegen einzuwenden haben? Alle versuchten, Vater von der Sinnhaftigkeit seiner Rückkehr zu überzeugen. Die Stationsärztin hatte davon gesprochen, jedem Wachkomatösen die Möglichkeit zu bieten, sich zwischen Leben und Sterben zu entscheiden. Wachkoma war ein Zwischenbereich und Schwebezustand. Die körperliche Verfassung meines Vaters sollte so weit stabilisiert werden, dass er wählen konnte.

Ich fühlte ein Ziehen im Bauch. Ich fühlte Liebe und Hass gleichermaßen. Ich sah seinen stieren Blick zur Decke. Diese Augen hatten mich nicht angesehen. Und doch war seine Liebe durch die versperrte Tür zu mir hindurchgesickert. Und doch, Vater, liebst du mich. Du wärmtest, nährtest, zeugtest mich. Ich bin dir unendlich dankbar.

Ich küsste ihn lang auf den Mund. Die Luftröhrenkanüle krachte. Vater wurde geschüttelt, richtete sich auf, ein Schwall Schleim schoss hervor.

Ich läutete nach einem Pfleger.

Die kleine magere Schwester guckte herein. Hinter ihr stand mit neugierigem Gesicht die Schwarze. Die Schwester kam langsam näher.

»Das macht nichts«, sagte sie mit einem Blick auf Vater, der wieder erschlafft auf dem Kissen lag, sein Gesicht wirkte gleichgültig und erschöpft, »das war nur ein Ausdruck seiner Anteilnahme.«

»Man muss den Schleim absaugen, sonst verschluckt er sich«, sagte ich.

»Ihm fehlt der Schluckreflex«, entgegnete die Schwester und ging.

Gleich darauf erschien die Ärztin, setzte ihm ein Stethoskop an die Brust, ließ den Schleim absaugen und beruhigte mich. Es sei ein normales Phänomen bei apallischen Patienten, dass sie von Zeit zu Zeit *krampften*.

Vater hatte, seit er im Koma lag, epileptische Anfälle. Auch das wurde von den Pflegern optimistisch gedeutet, als Versuch, mit der Außenwelt zu kommunizieren.

Ich suchte ihn täglich in seinem Zimmer auf. Mit der Rollstuhlmobilisierung musste auf Grund des kritischen Allgemeinzustandes und seines hohen Alters noch gewartet werden. Als er schließlich das erste Mal für etwa zwanzig Minuten aufrecht in einem Spezialrollstuhl saß, mit einem Bord für die Arme und mit Handbremsen an den Griffen, konnte ich ihn auf den Balkon schieben.

Ich saß neben meinem Vater im Freien und hielt seine Hand. Ich hätte ihm viel zu sagen gehabt. Doch ich schwieg. Vater las meine Gedanken. Ich sah es ihm an. Zu Tom hatte ich jeden Kontakt abgebrochen, und mit Emilia telefonierte ich von Zeit zu Zeit. Ich zeigte Vater das Foto von Erdal und Johanna. Ich befestigte es über seinem Bett, damit er, falls er zurückkehrte, als erstes sein Enkelkind sah.

Mein Bruder erschien zu anderen Zeiten auf der Station und verhandelte, getrennt von mir, mit der Ärztin. Er hatte Vater gehasst und für Mutters Scheitern verantwortlich gemacht. Immer wieder hatte Vater Infekte, einmal eine Lungenentzündung. Offenbar war der Schleim nicht rechtzeitig abgesaugt worden und hatte sich absetzen können. Ich war überrascht, als die Ärztin es ablehnte, Vater mit Antibiotika zu behandeln. Es sei mit meinem Bruder, dem Facharzt für innere Medizin, so vereinbart worden, nichts zur Verlängerung des Leidens zu tun. Vaters Prognose sei ungewiss. Er könne sich nun zwischen Leben und Sterben entscheiden.

Ich fürchtete Vater, wo ich ihn eben erst gefunden hatte, schon wieder zu verlieren. Er lag, hoch fiebernd, im abgedunkelten Zimmer, von anderen Patienten isoliert, und beständig krachte von seinem Röcheln die Kanüle. Ich saß stundenlang an seinem Bett, hielt seine Hand und las in *Sarah*. Ich war seine Liebe gewesen oder jemand, der nach mir benannt war. Alles in dem Manuskript deutete darauf hin, dass er seine eigene Tochter geliebt hatte.

Ich las eine Stelle über die Entdeckung von Spuren in seinem Bett.

»... hat mein kleiner Fratz sich in Vaters Bett gekuschelt, und träumt davon, dass sie in meinen Armen gebändigt würde ...«

Ich legte das Manuskript beiseite. Nun war mir klar, weshalb die Polizei mich mit dem Verschwinden in Zusammenhang gebracht hatte. Sie hatten, wie der Sozialpsychiater Floh, auf Missbrauch getippt.

Vater schien in dem Manuskript *Sarah* ein Geständnis abzulegen.

Er gestand aber nur, erotische Fantasien über seine Tochter gehabt, und nicht, sie missbraucht zu haben. Es wäre nicht das erste Mal gewesen, dass sich ein Vergewaltigungsopfer nachträglich an seinem Peiniger rächte. Und wenn die Kriminalisten auch nicht angenommen hatten, dass ich ihn auf dem Gewissen hatte, so setzten sie doch ein intimes Verhältnis zwischen uns voraus. Doch hatte mein Vater mich niemals angefasst; er hatte mich nicht einmal angesehen.

Aus dem Studium wusste ich, dass *inzestuöses Gedankengut*, ja sogar *sexuelle Wunschfantasien* in Familien nicht selten sind. Es gehört zur dynamischen Entwicklung des Verhältnisses zwischen Vätern und Töchtern, wenn die Väter sich zu den heranwachsenden jungen Frauen hingezogen fühlen. Es war keine Schande, wenn ein Vater seine Tochter anziehend fand. Von Zorn, der an der psychologischen Fakultät Vorlesungen gehalten hatte, war mir bekannt, dass es nur darum gehe, wie man auf solche Fantasien reagiere. Mein Vater fürchtete sich vor zu großen Gefühlen und verschloss sich gegen seine Familie. Er war eine Geode, deren Glitzern niemand sah.

Ich streichelte ihm übers Gesicht. Ich sprach ihm Mut zu und machte ihm Vorschläge, was wir nach seiner Entlassung machen könnten. Entlassung! Nie würde er entlassen werden. Selbst wenn er aufwachte, zu Bewusstsein kam, hätte er Folgeschäden. Viele Wachkomatöse, die zurückkehren, bleiben Pflegefälle und sind geistig umnachtet. Sie erkennen ihre eigenen Angehörigen nicht und haben kein Kurzzeitgedächtnis. An der Station war ein Mann, der in Vaters Zustand gewesen und zurückgekehrt war. Er saß im Rollstuhl und verwechselte seine Freundin mit der Ehefrau. Er konnte nicht angeben, was er von Beruf gewesen war, ließ sich aber gern darauf ein, mit mir Stadt-Land zu spielen. Während Vater ausruhte, vertrieb ich mir die Zeit damit, Buchstaben des Alphabets zu nennen und die Einfälle des Mannes zu Städten und Ländern zu notieren.

I wie Italien. R wie Rom.

Meinen Namen vergaß er von einem zum anderen Mal. Nach wenigen Minuten erkannte er mich nicht wieder. Die Pfleger lobten seinen Fortschritt und bezeichneten es als verbesserte Lebensqualität gegenüber der Ausgangssituation. Dieser Mann war bedeutend jünger als mein Vater. Es hieß über ihn, dass er noch viele Jahre in diesem verwirrten Zustand verbringen werde.

Mein Vater war nicht verwirrt. Einmal gab ich ihm sein schönstes Vulkangestein in die Hand. Ich verschloss seine Hand zur Faust. Und legte mich zu ihm ins Bett.

6

Ich saß in der ersten Reihe. Tom berührte mich hastig an der Schläfe und entfernte sich. Die Trauergäste vermuteten in ihm wahrscheinlich meinen Lebensgefährten. Es war nicht entscheidend, zumal kaum einer überhaupt von der Existenz einer Tochter erfahren hatte.

Ich achtete nicht auf Tom. Ordnungsgemäß schüttelte ich Hände und nahm Beileidswünsche entgegen. Es waren nur wenige, die sich an mich heranwagten. Manche hielten mich wohl auch für eine späte Geliebte des Verstorbenen. Offizielle Trauerredner, Kuturpolitiker von Bund und Land und der Staatssekretär für kulturelle Angelegenheiten sondierten die erste Reihe auf Verwandte meines Vaters und ordneten mich richtig zu. Sie hatten sich gewiss über Vaters früheres Umfeld informiert. Und schließlich hatte ich irgendwann zu diesem Umfeld gezählt. Mein Bruder, ausgerechnet mein Bruder, war neben zwei Ehrengästen dazu bestimmt, eine Rede zu halten.

Er hatte beiläufig meine Schulter berührt und erschien ohne Familie. Vermutlich war ihm die Frau mit den Kindern durchgebrannt. Er hatte den Schmerz nach Mutters Scheitern nicht verwunden. Der Nachruf aus dem Mund von Vaters Erstgeborenen konnte nur verlogen sein. Mich erstaunte, dass er sich dazu bereit erklärt hatte. Ich als Radiomoderatorin wäre geeigneter gewesen. Männern wird in jedem Fall immer noch der Vorzug gegeben, geht es um offizielle und würdevolle Anlässe. Und die Einäscherung eines vielfach geehrten Literaten des Landes konnte nur offiziell und würdig sein. Dass sich Vater nicht um uns gekümmert hatte, war von geringem Interesse.

Zahllose Kränze mit beschrifteten Schleifen türmten sich vor dem Sarg. Die Verabschiedung war standesgemäß.

Mein Bruder war nervös. Wie ein Pinguin lief er in einem

zu eng gewordenen Frack, den er zuletzt bei seiner Promotion getragen hatte, auf und ab. Er spielte eine zentrale Rolle, obwohl er durch Abbruch der medikamentösen Behandlung letztlich für Vaters Tod verantwortlich war. Dennoch nahm er die meisten Beileidsbekundungen entgegen. Er schien sich in seiner Rolle wohl zu fühlen, so, als hätte er Vater endlich verdrängt und wäre nun an dessen Stelle an Mutters Seite. Er hatte einen stechenden Blick, mit dem er mich durchbohrte. Manchmal hörte ich ihn neben mir kichern, wie Vater es früher getan hatte. Völlig unmotiviert war er dagestanden und hatte vor sich hin gekichert. Meine These, Trauernde würden Eigenschaften der verlorenen Menschen annehmen, um den Verlust zu verschmerzen, wurde bestätigt.

Ich erblickte Emilia ganz in Schwarz, als ich unmittelbar vor den Feierlichkeiten hinausging. Sie trug Netzhandschuhe. Ich wunderte mich, wie schmal ihre Hände waren. Sie war in keinem Verhältnis zu meinem Vater gestanden und hatte ihn nur aus Erzählungen gekannt. Meine Schwester blieb der Verabschiedung fern. Sie hatte mir zurückgefaxt, zum dritten Mal in den Wehen zu liegen. Ich hatte noch keines ihrer Kinder gesehen.

Ich beugte mich über die Klosettmuschel und brachte alles hervor. Leer gekotzt kehrte ich zur Feuerhalle zurück. Der erste Redner sprach vom Podium aus zu den Leuten, dazwischen wurde Minnesang abgespielt. Ich stellte fest, dass ich noch nicht geweint hatte, was nicht außergewöhnlich war. Im Fall eines Schockes, wenn Ihr eigener Vater im Bett, dicht an Sie geschmiegt, verstirbt, würden Sie vermutlich auch zunächst einmal überwältigt sein. Ich hätte es nie für möglich gehalten, dass es dazu kommen könnte. Er hatte mir dieses Abschiedsgeschenk überlassen.

»Zu Lebzeiten war er nie für dich da«, hatte mein Bruder gesagt und gekichert. »Jetzt konntest du ihm diesen Dienst erweisen.«

Ich wusste nicht, ob seine Worte zynisch oder liebevoll waren. Ich verstand auf einmal gesprochene Worte nicht, wie ich von jeher Schwierigkeiten mit der geschriebenen Sprache hatte und ihr gegenüber verschlossen blieb. Ich begann in Vaters altmodischem Stil zu denken. Wörter, die ich vergessen hatte, fielen mir plötzlich ein. Ohne es zu bemerken, hatte ich ein Taschentuch hervorgezogen, dasjenige, das ich einmal im Regen gefunden und gewaschen hatte, es hatte meine Initialen. Ich wischte mir die Augen, die angesichts des Nachrufs aus dem Mund eines Kulturpolitikers feucht geworden waren. Vater sei immer für seine Familie da gewesen, hatte er gesagt, und habe den Verlust seiner geistig umnachteten Frau nie verschmerzt. Man hatte sich Mutters Schritt, Vater zu verlassen, nur mit geistiger Umnachtung erklären können.

Nach außen waren wir eine perfekte Familie gewesen. Alle drei Kinder waren erfolgreich. Sogar von Enkelkindern meines Vaters wurde gesprochen, obwohl er sie nie zu Gesicht bekommen hatte. Der zweite Redner trug eine Passage aus dem Roman *Die Geode* vor und platzierte einen riesigen Bergkristall auf Vaters Sarg. Er kommentierte die Geste mit den Worten, dass dieser Stein ein Zeichen für Vaters Weiterleuchten in der Welt der Literatur und im Geiste seiner Leser sei. Es klang wie eine Beschwörung.

Ich unterschied allmählich keine Menschen mehr um mich, fühlte nur die Härte des Stuhles, auf dem ich saß, und gelegentlich konnte ich eine Hand in einem schwarzen Spitzenhandschuh ausnehmen, deren Schmalheit mich immer mehr faszinierte.

Nach dem Gurgeln meines Bruders öffnete sich automatisch ein goldenes Tor . Mein Bruder hatte nichts Wichtiges gesagt und lediglich mit seiner unangenehmen schnarrenden und nasalen Stimme gegurgelt. Wie in Watte gepackt verfolgte ich, was nun geschah. Der Sarkophag wurde von uniformierten Männern des Bestattungsdienstes abgeräumt, der Bergkristall in Sicherheit gebracht. Ich hatte davon gehört, dass vor der Einäscherung den Toten der Begräbnisanzug ausgezogen und letzte Schmuckstücke abgenommen werden, um sie anschließend den Angehörigen zu übergeben.

Mein Bruder hatte wieder neben mir Platz genommen. Wann immer ich ihn im Augenwinkel sah, zuckte und ruckte er. Hätte ich eines bei mir gehabt, ich hätte ihm ein Beruhigungsmittel gegeben. Und auf der anderen Seite hockte, meine Hand haltend, Emilia. Sie hielt nicht meine Hand, sondern hielt mich zurück, als ich Vaters Sarg nachspringen wollte. Ich hätte es nie für möglich gehalten, so etwas Törichtes zu tun. Emilia konnte es verhindern. Es sah nun so aus, als krümmte ich mich vor Schmerz zu Boden. Mein Bruder verließ mit mir und Emilia, die mich stützte und mit ihrer schmalen Hand meinen Rücken massierte, auf kurz die Feuerhalle. Er verabreichte mir draußen an der schneidend frischen Luft eine Injektion, die ihm selbst auch nicht geschadet hätte. Von da an war ich vollkommen ruhig und verfolgte kontrolliert und neugierig das Geschehen.

Nachdem es vorüber war, kam Tom zurück. Ich stand vor der Feuerhalle, im Gespräch mit mehreren Leuten. Er wollte mir anscheinend nochmals sein Beileid bekunden, doch ich wandte mich ab. Da sah ich Annette. Sie hatte vom Tod meines Vaters aus der Zeitung erfahren. Sie schüttelte mir lachend die Hand und war in Begleitung des Intendanten, der mir mit betretener Miene verhieß, dass wir durchaus noch über die eine oder andere Zusammenarbeit reden könnten.

Die Gesellschaft hatte sich nahezu aufgelöst.

Einige waren gegangen oder abgefahren, doch die meisten hatten sich auf eine Gulaschsuppe in die nahegelegene Braustube begeben. Ich genoss die strahlende Frühlingsluft und Frühlingssonne. Mein Magen und mein Hirn waren völlig leer. Ich konnte neu beginnen. Da kam aus einer Seitengasse zwischen sparsam geschmückten Urnengräbern eine bekannte Gestalt hervor. Auf den ersten Blick sah es aus, als hätte sie zwei Köpfe. Der kleinere Kopf befand sich über dem größeren. Ich lief ihnen entgegen und atmete seit langer Zeit wieder einen geliebten Geruch.

Danksagung

Mit diesem Buch möchte ich meinen Lebensmenschen danken.

Ich danke meinem Sohn Lukas für sein rücksichtsvolles Verhalten, wenn ich mich immer wieder zum Schreiben zurückzog.

Dankbar verbunden fühle ich mich meinem Chef, dem Philosophen Peter Strasser, einer Leitfigur auf dem *Weg nach draußen*. Mein Dank gilt dem Philosophen Rudolf Haller und seiner Familie; sie sind mir ein geistiges Zuhause. Der Geschäftsführer der Agentur *Top Ten*, Siegfried Gruber, ist mir ein kreativer Gefährte und ein unverzichtbarer Dynamo meines Schaffens. Ich danke meinem Exgatten, dem Psychoanalytiker Sama Maani-Entessari, dessen Liebe zur Sprache mich nach längerer Pause wieder zum Schreiben motivierte.

Meinem Vater Hermann danke ich dafür, die Lust am Erzählen früh in mir geweckt zu haben. Ich danke auch meiner Mutter Dorothea für ihr Bemühen um Wärme und Geborgenheit.

Für ihr Interesse an meinem Fortkommen danke ich ganz besonders meinem Onkel Ernst und seiner Gattin Heidi. Dafür, mich auf den Spuren meines Vaters und Großvaters in die Berge geführt zu haben, bedanke ich mich bei Wolfgang. Für unsere Meer- und Südsee-Erlebnisse danke ich nochmals Siegi Gruber, für eine rasante Jeepfahrt auf Bora-Bora, den Kontakt zu freundlichen Haifischen, Stachelrochen und bunten Fischen. Und für seine jahrelange nachhaltige Förderung meiner Arbeit sei diesem

Universalfreund nochmals gedankt. Dem Vater meines Sohnes, dem Organisationsberater Klaus Scala, sei für mein wunderbares Kind Dank gesagt, das Beste, das mein Leben je hervorgebracht hat.

Neben den genannten Menschen waren noch andere, wie mein verstorbener Ehemann, der Historiker und Fotograf Michael Sencnjak, für die Entstehung dieses Buches bedeutend. Auch haben mich Orte wie Wien mit seinen Gassen und Plätzen, Bora-Bora mit seinen Düften und Korallen und das Ennstal mit seinen Gebirgen und dem Schwingmoor zu »Herzlos« inspiriert.

Zuletzt danke ich meinem früheren Lebensgefährten Robert Martin, mit dem ich in der tiefsten Schicht meines Herzens nie aufgehört habe zusammen zu sein.

M.W.
Graz und Wien, im Frühsommer 2002

Monika Wogrolly: Herzlos

www.deuticke.at

Gestaltung, Satz: typic®/wolf
Umschlaggestaltung: Studio Hollinger
Umschlagfoto: © Photonica/The Special Photographers Comp.
Druck: Ueberreuter Print
Printed in Austria
ISBN 3-216-30662-3